眼睛

风雪中的藏女

未名峰
6250m　6400m

三连峰
6350m　6377m　6409m

6706m　6670m

贡嘎山
7526m

神鹰峰
6210m　6128m　6127m

中山峰
6886m

1987 年 6 月于东坡拍摄的贡嘎群峰

贡嘎主峰

在大瓦山拍摄的贡嘎山

金沙江边的白石滩

山间的清晨

贡嘎山间的原始森林

生命的召唤

贡嘎山四十年人物纪实

林 强 著

四川文艺出版社

图书在版编目（CIP）数据

生命的召唤 / 林强著. —— 成都：四川文艺出版社，
2021.9
ISBN 978-7-5411-6083-7

Ⅰ.①生… Ⅱ.①林… Ⅲ.①纪实文学—中国—当代
Ⅳ.①I25

中国版本图书馆CIP数据核字（2021）第142370号

SHENGMING DE ZHAOHUAN

生命的召唤

林 强 著

出 品 人　张庆宁
策划组稿　蔡　曦
责任编辑　梁康伟
封面设计　叶　茂
内文设计　最近文化
责任校对　段　敏
责任印制　崔　娜

出版发行　四川文艺出版社（成都市槐树街2号）
网　　址　www.scwys.com
电　　话　028-86259287（发行部）　028-86259303（编辑部）
传　　真　028-86259306

邮购地址　成都市槐树街2号四川文艺出版社邮购部　610031
排　　版　四川最近文化传播有限公司
印　　刷　成都兴怡包装装潢有限公司
成品尺寸　168mm×230mm　　　开　本　16开
印　　张　16.5　　　　　　　　字　数　210千
版　　次　2021年9月第一版　　印　次　2021年9月第一次印刷
书　　号　ISBN 978-7-5411-6083-7
定　　价　58.00元

前言

在出版社的催促下，《生命的召唤》这本非虚构作品终于完稿了。最近，我开始着手为书中的文字配图，没想到这个工程量更加浩大。我要从40年间拍摄的上万幅照片中一一琢磨、比较、审查，挑出来几十张合适的照片。选出来的底片还需要扫描、裁剪、调色、修饰，这一度让我出现"眼盲"的情况，看照片都出现了糊影。

好在新冠肺炎疫情期间减少了很多外出，让我有时间浸泡在发黄的老照片里，重温那些快被遗忘的记忆。

贡嘎山是我国横断山脉的最高峰，山的东、西面主要生活着汉族和彝族，西北面主要生活着藏族。同一座山，养育着不同的民族，发育着不同的文化。贡嘎山不仅是当地人的圣山，它还保存着中国最完整的自然生态和人文形态。

1980年9月，我因工作意外闯进了贡嘎山，没有想到那一次的闯入，却改变了我以后的生活方式。40年来，我上百次围绕这座山行走，一次又一次穿行在山间的沟里，虽然没有做出什么壮举，这座山在我心里的分量却越来越重，好像我一直生活在那里。

每当我在这块土地上迎接日出的时候，每当我同山里人接触交往的时候，都会感受到一种召唤，这种召唤来自山里人的坚韧、善良与淳朴。那里的每个村寨、许多的山民，那里的一山一水、一草一木对我来说都太亲切了，我在与他们真诚的对话中净化着自己的心灵。渐渐地，我明白了，贡嘎山其实就是我心灵的家园。

我曾经有把所见所思写下来的想法，但又觉得自己写不好，文字也不够优美，怕写不出自己想要的感觉，反而毁灭了这份美好。直到2007年9月，我在北京人民大会堂作先进事迹报告时讲述了贡嘎山吉嘎老师的故事后，发现那些故事是多么打动人心，才下定决心把他们的故事写成书。带着这个想法，我又往返贡嘎山十余年，走访了当地几十家村民，听了上百个故事，拍摄了上万张照片，积累了几十万文字。吉嘎老师一个人在雪线上的学校坚守了27年，他让牧场上一批又一批的孩子变成了小学生，让他们能用科学的眼光看待自己的生活与土地，让民族的传统与文化一代一代传承下去。清华大学电机系研究生杜爱虎在网上看到了吉嘎老师的事迹，拿着照片从北京来到四川，找到了康定，最后在离天最近的学校里接过了吉嘎老师的教鞭，在那里一待就是5年，他的行动又带动了三十多位大学生来到山里支教。

2006年5月，我的藏族朋友格勒去世了。他一辈子都在贡嘎山做向导，一生只做好了这一件事。我开始收集他的资料，每当看到那些老照片、老物件，我都会想起我们相处的种种细节，它们常常令我泪流满面。于是我以他为原型写了一个电影剧本。2016年，格勒的故事拍成了电影，叫《贡嘎日噢》，影片在美国第十三届世界民族电影节上荣获优秀故事片奖。当时的颁奖词是这样的："《贡嘎日噢》讲述了中国青藏高原贡嘎山间的一个小人物的故事，但它带出来的却是一个困扰全人类的大问题，那就是民族之间怎么和谐相处的问题。纵观世界，凡是没有处理好这个问题的地方，不是动乱，就是战乱，我们将优秀故事片奖颁发给这部影片，就是基于它有着雪山一样高大的立意。"

这座伟大的山一直催促着我讲述更多人的故事。在那里我接触了"人民忘不了的好书记"孙前，又认识了研究贡嘎山五十多年的地质学家陈富斌，还同"为民办实事"的藏族县长四郎泽仁成了朋友，与长期行走在贡嘎山间的民间学者章东磐成了知己，还有白师傅、范医生，等等。其中最令我感动的是冯万才，这位1948年入伍的老兵，携手自己患麻风病的妻子60年；还有多吉扎西，二十多年来他用自己的力量把八十多位孤儿培养成大学生。

就是这些真实的故事衬托了贡嘎山的伟大与神圣，而贡嘎山也赋予了这些人与它一样坚韧不屈、勇敢善良的品质，同时他们向众人展现了中国各民族同胞间的团结，各民族悠久文化间的交融，以及人民无穷的智慧和顽强的精神。

一个人的一生很短暂，在这短暂的一生里，我有幸走进这座山，有幸遇到这些人，如果不把他们的故事讲出来，将成为我莫大的遗憾。他们每一位都是一面镜子，我们会从这些镜子里领悟自己需要的东西，启发自己如何去走完我们的一生。

感谢大家阅读此书，也感谢为本书奉献故事的人们。

林强

2021年3月

目录

吉嘎老师让孩子们成为学生

雪线上的吉嘎老师

　　34年前一次偶然的机会，在康定县贡嘎山西坡一所海拔4100米的小学里，我认识了吉嘎老师。他一个人，既是校长又是老师，守着这所雪线上的学校，长达27年。他对学生像对自己的儿女一样；是他把牧场上一批又一批孩子变成了学生，让他们能用发展的眼光去看待自己的生活与土地；他将民族传统与现代文明教给学生，并让他们传承下去。三十多年来，吉嘎老师也成了我的好朋友，他用自己平凡的生命让我明白什么叫奉献，什么是忠诚。

离天最近的学校

　　1987年8月，在我从部队转业去新单位（四川省教委）工作的间隙，我有了一段难得的空闲时间。我决定再次走进贡嘎山，去接受贡嘎山的洗礼，也向这座神山报备：也许我以后不能经常来看她了。就是那一次，通过格勒的介绍，我认识了吉嘎老师。

　　9月初的高原，天很高，气温已开始变凉，远处山坡上的青草已经逐渐变黄。清晨，我背着照相机，透过晨雾站在昨天看见的那片草甸上，黄色的草甸披上了一层薄薄的白霜，有一种"犹抱琵琶半遮面"的神秘感。整个旷野十分安静，我按下快门的那一刻，心中莫名涌上一种凄凉，宛如天地间只剩我一人的孤独与凄凉。这种凄凉一直持续到太阳出来，大地恢复生机才慢慢消散。

　　太阳升高后，我与我的好朋友兼向导格勒骑着马，前往吉嘎老师的学校。前一天，我和格勒见面的时候，他说他有一个特别尊敬的老师想要介绍给我认识，于是有了此行。一路上格勒简单介绍了吉嘎老师的情况：吉嘎老师从教的学校叫玉龙西村小。这所村小是1978年建成的，全校只有一位老师，学生不到20人。吉嘎老师是这所学校的第四任老师，前面的三位公办老师都受不了这里的艰苦环境和寂寞，先后离开了。第一位老师在这里教了9个月，第二位老师在这里坚持了一年多就病倒了，第三位老师回家结婚后就再也没回来。1982年9月，玉龙西村小停课了，乡里中心校的领导和村主任找到了吉嘎，让他出任这所学校的民办老师。吉嘎说他只读完了小学，担心教不了学生，反而耽误了孩子们。最后在中心校领导和村主任的鼓励下，吉嘎同意先试一段时间。没想到这一试，就是三十多年。

吉嘎老师并不是本地人，小时候家里很穷，加上兄弟姐妹多，父母却仍然拼了命让他上学读书。1959年，他从甲根坝小学毕业后，家里实在负担不起他继续上学的费用，吉嘎失学了，回到家里务农。他年龄不大，手却很巧，又自学了木工，还能识字算账，在村里还是小有名气。这样一位"凤凰男"，却由于家里穷、兄弟姐妹多，很难娶上一个本地媳妇。最终，通过父母的牵线，吉嘎认识了贡嘎山下玉龙西村的仁真拉姆姑娘，他俩很快结了婚，吉嘎就去女方那里当了上门女婿。

听着吉嘎老师的故事，我们到了玉龙西村小，见到了故事的主角。吉嘎老师和我想象的相差不大，个头不高，身体结实，脚上穿着一双半新的解放鞋，陈旧的中山装外面套了一件藏式的马甲，黑黝黝的脸上已经开始显露出岁月的年轮。他和我在藏区认识的其他人没多大差别，那副黑边眼镜下的眼睛里露出的沉稳和善良，会让你感觉到他就是你的朋友。

和吉嘎老师见过面后，我开始打量起玉龙西村小。学校在海拔4100米的山坳里，整个学校只有两间教室和一间教师办公用房，办公用房也是吉

20 世纪 90 年代吉嘎老师的住房

嘎老师的住房。每间教室的面积都只有10平方米，教师办公房只有8平方米，学校的外墙是用石头和泥土砌成的，房顶是用木板搭成的，木板上还有许多石头压着，防止风把木板掀起来。每间教室都有一扇用木条做成的窗户，窗户不大，向外开着，好几处玻璃破碎的地方都用纸勉强糊住，风吹得窗纸呼呼响。学生的课桌就是四张长两米多，宽40厘米的木板，简单地放在两旁的石凳上；学生上课的板凳更是五花八门，有木凳、有石凳、有草凳，能够猜出这是学生们从家里带来的。教室里最显眼的除了黑板就是一个铁炉，铁炉的烟囱直接穿过房顶，伸向贡嘎山的怀抱。铁炉是学校的必需品，这里的冬天平均温度在零下20℃左右，学生和老师只能依靠这个铁炉取暖，维持冬天的正常开课。取暖用的是干牛粪，是吉嘎老师带着学生们，在春夏季节利用课余时间一点一点收集回来的。春夏季节是城市里的孩子们最爱的时光，他们可以在公园里玩耍，在游乐场欢腾，在体育场里奔跑，在泳池里畅游。但这里的孩子们，只能在草地上拾捡干牛粪。每年他们都会捡5000—6000斤左右的干牛粪，用来度过漫长的寒冬。

我们来到学校的时候，正赶上学校换新课桌。孩子们把新课桌搬进教室时，露出了满脸的笑容，那真是天底下最灿烂的笑。就连一向稳重的吉嘎老师，笑容也是藏不住地爬上了脸颊。跟吉嘎老师聊天，我才知道他半年前向沙德区教办反映了他们的困难，区教办又向县教育局做了汇报，最后玉龙西村小得到了1000元改善办学条件的资金。这笔钱来之不易，吉嘎老师一笔笔筹算，一厘厘较真，恨不得一分当两分用。他请人到三十多公里外的森林里伐木，然后用自己的马把那些原木运回学校，利用暑假时间和请来的三位木工一起做课桌，一个多月后，18张课桌和一张黑板终于完成了。今天就是大家换上新课桌的日子。

我在这里停留了三天，就住在吉嘎老师8平方米的办公用房里。走进那个办公用房，狭小的房间里放着一张1米宽的单人木床和一张办公桌，墙壁上张贴着一张玉龙西村小一、三年级课表。从课表中我了解到，这所村小是两年招一次生，学生一般读到四五年级，家里条件较好的学生就会到离这里30公里的六巴乡中心校读书。白天我旁听了吉嘎老师上课，不能说他的课讲得多好，却是最适合当地孩子的，而且他采用的是藏汉双语教学，藏语和汉语流利转换，已经很了不起了。由于同时要上两个班的课，吉嘎老师会先在一个班讲完新课，安排学生自习，又到隔壁班接着去上新课。奇怪的是，老师不在的间隙，学生们都乖乖地自习，没有吵闹、没有喧嚣，甚至连交头接耳都没有。我想，也许这里的孩子更加珍惜上学的机会。除了文化课，他们的体育课就是全校学生一起上，十几个孩子一起在操场上做操、跑步、跳绳，跟着吉嘎老师做示范动作，他们穿着朴素，阳光下的笑脸非常美丽。虽然只有一个老师，吉嘎老师却把课程安排得井井有条，让孩子们不仅学到课本上的知识，还收获了课外的快乐成长。

　　几天的相处，我和吉嘎老师也熟络了起来，那天我问他："在这么艰苦的条件下，你一个月能有多少收入？"他说："作为民办老师，一月应当有16元收入，区政府补助8元钱，剩余8元由村里负担，是由每家每户村民集资。不过村里条件很艰苦，那8元经常拿不到。"我听完后真是不敢相信，当时我作为部队正营级干部每月收入有一百多块，相当于吉嘎老师一年的收入。我心里一直在想，以后到了教委，应该怎样为吉嘎老师和玉龙西村小的孩子们做点实事。

　　我在学校住的三天时间里，正好有一个星期天，学生们放假回家了，吉嘎老师从格勒那里知道我喜欢摄影，于是就决定带着我和格勒一起去学

下课后的孩子们

校背后的山上采风。我们三人骑着马走了一个多小时，这一路上没什么特别的风景，我心里还暗暗盘算：吉嘎老师带我看到的会是什么样的美景？到了目的地，我差点惊叫出声："太美丽了！"美丽的钙化池！这个五彩的钙化池隐藏在一个三面环山的凹谷之中，从另一个山头倾斜下来大片的白色钙化土，延伸到谷底便变幻出四层五彩的钙化池，一层比一层绚烂，一层比一层斑斓，它们聚在一起比美。王母娘娘的瑶池在它们面前也会失去色彩。这个钙化池就是现今的玉龙西泉华滩，有兴趣的读者可以去一睹真容。这片钙化滩上有8个较小的钙化台阶，台阶上又有大小不等，形态各异的彩池，用"大彩珠小彩珠落玉盘"来形容比较恰当。沿着钙化池继续上行，就能看见玉龙西的上升泉。一根1米粗的泉眼喷出大半人高的泉柱，然后顺着泉柱落下，落回泉眼，如此反复，让人惊叹之余突然对生命有了触动。我伸手勾了勾泉柱，温暖沁人，刚刚好。钙化池面对着贡嘎山的主峰，周围散落着藏族村民堆砌的"玛尼石堆"，可以想象千百年来藏族人民对这神山神水的爱恋是多么至高无上。我对吉嘎老师说："这一趟不虚此行！"他抿着嘴笑了笑。

欣赏完美景后，我们返回学校。途中经过一座木桥，吉嘎老师告诉我，这座刚修建完成的木桥，是用给孩子们制作课桌剩下来的木料搭建而成的。玉龙西村小有七八个学生回家途中都要蹚过这条小河，而一到夏季这条河就会涨水，学生过河会很危险，好几次吉嘎老师背着一个一个学生蹚过及腰深的河水，送他们平安回家。看着这座木桥和吉嘎老师的背影，我决定在临走前悄悄给吉嘎老师留下一封信和20元钱，表示我对他的敬意。

玉龙西村小的孩子们

难忘的一夜

从1987年秋天认识吉嘎老师后，我们时常有书信来往，每次收到吉嘎老师的信，我都会看好几遍，有的信过了几年后仍旧会翻找出来仔细回味。吉嘎老师的信中没有一句抱怨，也看不到他生活的艰苦，信中大都讲的是学校和学生的变化。1991年的秋天，他告诉我学校搬迁了，现在离他家不远，这样他就方便常回家照顾长期生病的妻子。如今的学校都是砖墙瓦房，两间教室又大又亮，还多了一间生活用房。

有一次他在来信中谈到，他的一位学生在去泉华滩的路上捡到了一块双狮手表，这位学生知道吉嘎老师对他们的要求，便一直把这块手表保存着，想办法送还给不知名的失主。可是幼小的孩子不知道该如何联系失主，于是从第二天起，每天都到发现手表的地方从早上等到晚上，想等到那位丢失手表的人出现。十多天过去了，那位学生还是没有等到丢失手表的人。开学的第一天，他把手表交给了吉嘎老师，吉嘎老师又把手表交给了中心校的领导。我猜测丢失手表的应该是去当地旅游的游客，很难找到。可他们心中有一个很朴素的信念：不是我的东西我不要。孩子用自己的实际行动践行老师的教导，老师也用实际行动一以贯之，虽然是一件小事，却让我记忆犹新，时至今日也时常浮现出那个学生在等待失主的身影。

他的来信中还经常讲到，哪一位学生数学进步很快，哪一位学生歌唱得很好听，还有一位学生趁他不在时，在他房间里悄悄放了一块酥油。每当我读到这些有趣的事情时，都为吉嘎老师有这样的学生感到高兴，也为孩子们有这样一位老师感到庆幸，就像我又回到了玉龙西村小一样。

1997年的9月，我收到吉嘎老师的一封短信，信中说，他对不起我和学生，因为他生病了，学校推迟开学一周时间。收到信以后，我很担心，不知道他生了什么病，严重不严重，学校现在正常开学了没有。我辗转打听，知道一切都好后才放下心来。后来我来学校才知道，吉嘎老师是在运输课本的途中遇到大雨，为了保护课本而让自己淋了雨才生病的。

每年学校开学前，吉嘎老师都要去沙德区教办开会，同时把当年学生要用的课本带回学校。学校离沙德区有六十多公里的路程，其中有四十多公里是乡间公路，搭拖拉机回去，也需要花费整整一天的时间。

开完会第二天一大早，吉嘎老师就背着三十多公斤重的课本，从沙德区教办返回学校。头天晚上暴雨，沙德区八一村的沟里引发了洪水，多处桥梁被冲毁，路面塌方，短时间内桥梁和路面没办法恢复正常，吉嘎老师平时走的路通不了了。为了赶在9月1日开学前回到学校，让学生拿到新课本，吉嘎老师决定绕道翻山。这比原本的路程又要增加二十多公里，而且要在山间过夜，最重要的是只能凭着自己的两条腿翻过海拔四千八百多米的垭口。因为事先并不知道要绕道，所以吉嘎老师这一趟出门并没有准备翻山的干粮，他只能寄希望于翻山途中遇上牛场娃，得到一些食物。那天天空阴沉沉的，云层很低，明明是中午时分，却像傍晚的天空一样，一种黑云压顶的感觉。这样的天气实在不适合走山路，吉嘎老师心里清楚，可他还是决定赌一把。昨天晚上的暴雨，把山间的小路冲变了形，到处是水洼，路面湿滑得很。有不少树干倒在路中间，只能绕开走；还有好几段路一边是悬崖深谷，平时经过都要全神贯注，手脚并用才能通过，暴雨让山路变得更加泥泞难走，稍有不慎随时可能滑落谷底。吉嘎老师把随身带的

贡嘎山下的吉嘎老师

绳子和砍刀都用上了，他将绳子一端系在自己身上，另一端系在悬崖边的大树上，小心翼翼一步一挪、一步一试探地通过了又窄又滑的险路。一路上，吉嘎老师也没遇上一个牛场娃，牛场娃早在昨天暴雨前就下山了。

天又开始下起了小雨。吉嘎老师看看时间，下午6点了，他已经空着肚子走了7个小时的山路。肚子实在是饿了，而且身体劳累、心里紧张导致他更加疲惫。经验告诉他不能再走了，他决定在一棵大树下过夜。雨越下越大，吉嘎老师用雨衣把课本全都包好，自己却完全暴露在大雨中，被淋透了。他看着天色逐渐变暗，马上要全黑了，他担心有野生动物过来，想用电筒照明，拿出来却发现电筒早已被雨水浸坏，不能使用。

我后来问吉嘎老师："那天晚上你是怎样度过的？到底怕不怕？"他说："当时脑子里一片空白，主要是怕遇见老熊，因为那一带山区有很多青冈树，青冈树下有很多掉落的果子，都是老熊爱吃的食物。真要是遇上了老熊，不幸命丧熊口，最大的遗憾就是我刚刚才转成公办教师，以后不能再回到学校教书了，也对不起你对我多年的关心。"自从1987年见到吉嘎老师，我就被他的事迹感动，也经常在一些场合讲述他的故事，吉嘎老师先后被评选上了"四川省优秀教师"和"全国优秀体育老师"，这些荣誉使吉嘎老师在1996年底转正为公办老师。

天彻底黑了下来，雨还在不停地下，吉嘎老师背靠着大树，全身疲乏的他想通过晚上的休息恢复一些体力，但雨滴不停地打在他的脸上，使他无法入睡。他全身的衣服早就被雨水泡涨了，他只能趁着雨小的时候，把全身湿透的衣服脱下来用劲拧干后再穿上。吉嘎老师在裤兜里发现了两颗水果糖，是沙德区教办一位同事给他的，他当时没来得及吃，现在这个关键时刻起到了作用，也让他惊喜不已。虽然这两颗水果糖的包装纸已经被雨水泡成了纸

正在上课的孩子们

玉龙西村小背后山上的温泉

渣，但糖还是完好的。吉嘎老师含着水果糖，感受着无穷的甜蜜。那一夜他几乎没有睡觉，大部分时间只能闭着眼睛养神，他知道明天的任务会更艰巨，不仅要翻山，还要经过一段全是光秃秃大石头的路。

凌晨5点雨停了，东方的天空开始发白，吉嘎老师检查了雨衣里的课本，发现只有上下几本课本微微受潮，其余的都完好无损，他心里悬着的石头落了地。他把书本捆好，又砍了一节树枝当作拐杖，喝了一些山泉水，便又开始赶路了。雨后的清晨，山间的空气特别清新，树上的小鸟已经开始歌唱，东方露出的神光把整片云彩都映成了红色，霎时间让大地恢复了往日的生机。吉嘎老师望着天边美丽的朝霞，暗自庆幸自己熬过了那个可怕的夜晚。

吉嘎老师拄着拐杖，独自一人在山间艰难地行走着，他已经一天一夜没有吃东西了，一路上喝山泉水权当充饥，他身上湿透的衣服已经被他的体温和林间透出的暖阳逐渐烘干。中午的太阳把又饿又累的他晒得筋疲力尽，汗水又把衣服打湿了，黏在身上难受得很。他每走一段路，就不得不坐下休息很久。在走那段光秃秃的大石头路段时，吉嘎老师双脚又新添了很多血泡，肩膀和背部早已被课本磨破了皮，血丝从衣服里渗透出来，把内衣都染红了。吉嘎老师在翻四千八百多米的垭口时，他的头昏沉沉的，浑身酸痛，随时都有栽倒在地的可能。每走50米，就要停下来休息，缓一口气，醒一醒神。吉嘎老师咬着牙坚持，他知道，只要翻过垭口就能看到远处的学校。可是吉嘎老师在翻过垭口后不久，还是晕倒在路上，后来被两位上山挖药的学生家长发现。当时他浑身滚烫，人也迷迷糊糊的，两位家长急忙把他背回学校。吉嘎老师在床上一直昏睡了三天才醒过来。因为他的生病，学校推迟了一周开学。吉嘎老师一直为此自责不已，特意写信向我表达他内心的愧疚。他说："如果那次早有准备，我就不会生病，学校也不会推迟开学了。"他的自责让我很感动，也很不安，半个月后我特意在看他的时候安慰他说："你做得非常好，我们都不会忘记你为学生做的这些事情，应该向你学习的。"这句话我说过后就忘记了，但吉嘎老师竟一直把这句话清楚地记在心里。

国旗下的吉嘎老师

2001年，从六巴乡去往玉龙西村的公路通车了，虽然是一条只能通小车的毛路，也给玉龙西村的牧民们带来了许多便利。从那以后，我每年都会去玉龙西，每次都会把车装得满满的，让那里的学生也能用上和城市孩子一样的日用品和学习用品：我不仅仅给他们带了很多体育用品和器材，还给他们带上了牙膏、牙刷和香皂等生活用品。有一次我问吉嘎老师："你们还有什么需求，还要我做点什么？"我的本意是想为他解决一些生活上的困难，可吉嘎老师却说："我们学校的那面国旗旧了，我们想换一面新的。"我非常震惊，没想到吉嘎老师提出来的是这样的要求。今天，很多孩子问我"什么是爱国"，有人将爱国变成口号，还有人变成道德绑架，更多的人是迷茫，不知道什么是爱国。在我看来，爱国就是踏踏实实做好自己的事，过好自己的日子，所谓"穷则独善其身，达则兼济天下"便是爱国。这位普普通通的藏族老师，在二十多年的职业生涯里，用心做好自己的工作，让他教导过的藏族孩子，认识祖国，了解祖国，让国旗的光辉每一天都照在孩子们的身上，将来回馈祖国，这就是爱国。那天以

吉嘎老师的住房，也是他的办公室

后，我更加敬佩吉嘎老师，我从他那里懂得了什么叫作淳朴，什么叫作忠诚。

国庆假期前，我带着国旗来到了玉龙西村小，将一面崭新的国旗在学校操场上缓缓升起，我让每一位学生都在国旗下留下了自己的影像，其中有不少学生还是第一次照相，镜头中的表情有些僵硬不自然，手脚有些无所适从，但一个月后当他们见到自己的照片时，脸上都乐开了花，围在一起分享照片中的点滴，分享自己的快乐，叽叽喳喳，那是发自内心的开心。我给学生拍完照，吉嘎老师让学生们回到教室，给他们上了一堂国旗课。他用朴实的语言告诉学生："国旗上面有五颗星星，中间最大的五角星带领着四颗小星星，而小星星都紧紧围绕着大五角星，这个大五角星就象征着共产党，而其他的几颗星代表各族人民，其中就包含藏族同胞，所以现在起我们要好好学习文化知识和本领，将来为家乡、为祖国出力。"我听着吉嘎老师讲课，那么朴实，又那么生动，我也终于明白了吉嘎老师需要我为他带新国旗到这里的用心。

上完课后，我在学校围墙外选了一个位置为吉嘎老师单独拍一张照片。这个位置既能展现出学校的风貌，又能看到学校后坡上的积雪，关键是吉嘎老师身后的围墙，是他自己用双手垒建起来的，有着特别的意义。吉嘎老师穿着自己最好的一件衣服，庄重地站在国旗下。我把相机位放得较低，鲜艳的五星红旗就高高地印在蓝天中，我按下快门，留住了吉嘎老师在国旗下的第一张照片。这张照片不仅让人感受到了吉嘎老师的伟大，也感受到了他的坚守，同时也让人有一丝心酸。原本我是打算让吉嘎老师和他的妻子一起合影的，因为这样的拍照机会十分难得，但是他的妻子生病了，而且是肝病，半年多的时间都没有出过门，再加上从家里到学校的路

国旗下的吉嘎老师

程虽然不远，但途中要过的一条小河上的木桥坏了。所以最终的照片里，就只有吉嘎老师一个人。

放学后，我同吉嘎老师一起回到他的家，看到了他卧病在床的妻子仁真拉姆。仁真拉姆只比吉嘎老师大一岁，但不知是多年来的劳累和病痛折磨还是房间光线太灰暗的缘故，我感觉她比吉嘎老师要苍老许多。自从吉嘎老师当上了玉龙西村小的民办老师后，仁真拉姆就独自一人挑起了照顾孩子和操持家里大小事务的重担，经常起早摸黑地干活。她非常支持丈夫的工作，也为丈夫是一名人民教师而骄傲。因此，当吉嘎老师没能按时领到工资时，她也毫无怨言。在玉龙西当一名小学老师真是不容易，这里不像内地老师只用负责教一门学科，玉龙西村小的老师需要语文、数学、音乐、体育、美术、思想品德样样精通，课堂上甚至还要用藏、汉双语上课，每学期还要肩负起让失学的学生重回校园的责任。由于定居的牧民住地分散，徒步上学需要一到两个小时，再加上牛场季节性搬迁和当地重男轻女的思想，学校女童流失现象特别严重，一到周末或节假日，吉嘎老师就要到牧场去动员学生回学校上课。

有一次他在家访回来的途中，因为天黑看不清路，突然滑落到十米多深的峡谷里，他的儿子发现他很晚没到家，才和当地的老乡一起沿路寻找，终于在峡谷里找到了吉嘎老师。他满脸都是已干的血迹，腰、腿、头都受了伤，大家一起把他背回了家。回家后，他的妻子没有一点儿责备和抱怨。2002年9月，仁真拉姆因为肝癌去世了，我一直非常遗憾，没能为她留下一张属于她和吉嘎老师的照片。

2015年，我在玉龙西村举办了一场摄影展，摄影展中的照片反映了玉龙西村二十多年的变化。展览是在玉龙西村的一个牧场上举行的，我把一张张放大的照片贴在牧场的栅栏上，全村的老小都跑过来看照片。其中有一位当年村小的女学生，看见吉嘎老师在国旗下的照片，一时间控制不住自己的心情，将自己的脸紧贴着那张照片。原来这位学生家里很贫穷，父亲在她幼年时就去世了，家中的四个孩子都靠母亲一人养活，很多时候她回到家都没有晚饭吃，吉嘎老师知道这个情况后，每天放学都会把这个学生留下来，把自己的晚饭分一些给她。有一次下暴雨，河里涨水，吉嘎老师把这个女学生和另外两位同学背过河，再送他们回家。那位女学生回忆说："他背我过河时先用绳子把我捆在背上，并且让我双手紧紧地抱住他，然后吉嘎老师一只手拄着木棍，用木棍在河水里寻路，另一只手抓住我的腿，不让我摔下去，到了水流湍急的地方，他还让我闭上眼睛不要害怕。那些场景虽然已经过去了十几年，但却一直留在了我的心里。吉嘎老师不仅让我学到了知识，而且教会了我用文化的眼光看待自己生长的这片土地。"

退休后的吉嘎老师

吉嘎老师在退休前，最大的愿望是来一次成都。2005年，他坐了两天的长途汽车专程到成都，来到了我的家，为我献上了一条洁白的哈达，还有一包虫草。我说："哈达我收下了，这虫草太贵重了，我不能收。"吉嘎老师竟然急了："这虫草不是我买的，是我亲自进山里给你挖的，你一定要收下。"听吉嘎老师说完，我也懂得他话里的真诚，我告诉他我收下这份礼物，心里暗自决定用其他的办法来回报他。和吉嘎老师聊天中我知道，他退休后一个人在康定北郊的山坡上买了两间房，他还说以后去康定就可以住他家里。我问他以后有什么打算，他告诉我："关于你去年提到的要保护木雅方言的计划，我想了半年，现在退休了有时间了，就准备开始做这件事情。"我明白他这次来成都一是想看看我，二是想得到我的支持。当时我正任四川省语委办公室主任，我的直觉告诉自己，这将是一项伟大的"工程"。我知道做这件事相当不容易，又费时间又费财力，但我告诉吉嘎老师我不但支持他，而且愿意和他一起完成这件事。

木雅，是个古老的名称，无论是在吐蕃历史，还是在《格萨尔史诗》中，它都占据着十分重要的地位。今天，它既是一个古老部落的称谓，又是一个地域名称。在历史上。"多康六岗"中的木雅热岗就是指木雅地区，即现今的康定市折多山以西、道孚县以南、雅江县以东、九龙县以北一带地区。这一地域内居住的藏族人，被称为"木雅娃"。木雅藏族的来历至今是一个谜，但学术界较为普遍的说法是他们是古代党项羌人与本地土著先民融合繁衍的后裔。在19世纪末20世纪初期，一些英美学者提出了木雅藏族是"西夏遗民"的重要观点。后来，中国的一些学者又进一步深入木雅地区进行专门的调查和研究，他们认为，木雅是西夏灭亡后，由一部分西夏王族南下建立的新邦。有趣的是，西夏灭亡之后，还有一部分西夏人南徙四川、西藏等地区。国内外学者们认为，今天四川康定的木雅人与西夏有密切关系，他们可能就是西夏党项人的后裔。因此，木雅族语言、文化的传承就有着特殊的意义。

在做这件事情的调研中，我们发现，如今随着时代的发展，国家在全国范围内大力推广普通话，越来越多木雅地区的年轻人，对木雅方言的使用逐渐减少，这种现象为我们传承和保护木雅方言的工作增加了不少难

76 岁的吉嘎老师

度。在这十几年的时间里，我和吉嘎老师几乎跑遍了整个木雅方言覆盖地区，拿着录音笔，家家户户地走访，有时为了收集一个词，要跑几十公里的山路。在走访收集过程中，虽然我对藏语和木雅语的语言、文字一窍不通，但也逐渐了解了木雅的一些文化、风俗，一路上还可以拍摄到很多让人激动的照片。

一次，我们来到了一个高原的海子，位于海拔四千七百多米的山间，人迹罕至。这个海子是当年吉嘎老师翻山运送课本的途中发现的，吉嘎老师说了好几次这个地方很美，傍晚的时候，贡嘎山的全景会倒映在海子里，但这里海拔太高，并且全是上坡，骑马要走三个多小时，如果等到照完晚霞再往回走，就得走几个小时的夜路，十分危险。上午9点，我们出发前往海子，途中经过两户人家，主人和吉嘎老师都相熟，年龄也与吉嘎老师相仿，而且他们都讲木雅语。我们在主人家里喝着酥油茶，吉嘎老师用木雅方言和他们交流，我则在一旁用录音笔记录他们的对话。他们的声音时高时低，语调时长时短，我完全听不懂，只觉得他们说话好像在诵经，又好像在唱歌，悠长优美。

时间过得很快，下午3点我们告别了他们，开始往海子出发，两小时后我们来到了海子边。我第一眼见到这个海子时，就感受到了它的神奇。这样一个四周光秃秃的地方，竟然藏着如此美丽的小湖。湖水清澈见底，贡嘎群峰的倒影完整地呈现在水里，就像神仙手里的一面镜子流落人间。一阵微风拂过，水里的贡嘎山就随着波纹摇曳起来，呈现出海市蜃楼般的美景，让人分不出天上人间。那是2009年的10月，吉嘎老师告诉我，我应该是第一个到达这片海子的摄影家。吉嘎老师说，这片海子名叫"冷嘎措"，是木雅语。其中"冷"指两个，"嘎"就是山，"措"就是"湖"

吉嘎老师和我用 15 年完成了《木雅藏语方言与文化辞典》

的意思，连起来就是两座山间的湖。谁曾想到十多年后，"冷嘎措"成了摄影爱好者和旅游者的天堂。

经过15年的努力，木雅藏语文化方言的收集工作已经基本完成，我们一共收集到了五千六百多个单词，并准备编成词典。为了更好地在木雅地区传播木雅方言，让更多的人了解到木雅文化，我向吉嘎老师提议在每一个木雅语单词后面都同步标注上藏语、汉语、英语和国际音标。接下来我们对所有的木雅词语进行分类，在分类过程中，我们既参照了汉语词典又结合了藏族人民的生活元素，按照词语属性，我们把木雅词语一共分为名词、动词、形容词、反义词4大类，其中名词类作为数量最多、最大的种类，我们又根据藏族的文化、风俗等将其细分成服装、食品、花鸟、畜牧、宗教等60个小类。

分类工作完成，我看着桌面上木雅方言词典的初稿，难以相信这样一个繁复、系统的工程，竟然是我同一个退休藏族老教师花费了15年时间，一音一字、一笔一画，反复调研、多方搜集、逐字分析整理完成的。我和吉嘎老师经过讨论，最终确定把这本词典命名为《木雅藏语方言与文化辞典》。

辞典即将出版，它既是我们的心血，也是我们友谊的体现。吉嘎老师回忆，搜集整理的过程中好几次他都想放弃，但都是因为三十多年前，我们第一次见面时我的一句话给了他坚持的动力："只要是你发自内心为人民做事情，党和政府不会忘记你的。"这句话我早都忘记了，吉嘎老师却一直记着。

我为出版这本书找了许多家出版社，他们看到这本辞典都觉得非常好，用他们的话来说，是我们完成了他们该做而没有做的事情。出版辞典的程序、环节很多，他们正在申报国家"十四五"规划的项目。我们相信在不久的将来，这本《木雅藏语方言与文化辞典》会成功与大家见面，让更多的人了解木雅文化的魅力。

在如今这个日益物质化的社会中，吉嘎老师却一直过着淡泊名利、朴实清淡的生活，他为教育、为传统文化的付出更是让人感受到了他的伟大。吉嘎老师那种淳朴、高贵的品质将会一直印在我的心中。

正在给孩子们上课的杜爱虎

贡嘎山的呼唤

初识杜爱虎

2011年5月的一天，我突然接到吉嘎老师从康定打来的电话，电话里吉嘎老师十分兴奋，语调很激动，他告诉我玉龙西村小来了一名支教老师，而且还是一名大学生。我听到这个消息时，不停地追问："是真的吗？是真的吗？"放下电话后，我决定在六一儿童节前去看看那位不知名的大学生。

为了赶在六一儿童节前去玉龙西村小，白天我除了工作外，其余时间都在筹集带给孩子们的物资，经常忙到深夜。出发前，我把越野车塞得满满的，车里面全是带给玉龙西村小学生的物品，有教学用具、篮球、排球、足球，还给每一位学生准备了新书包和运动鞋。当天下午我在康定见到了吉嘎老师，吃晚饭时我迫不及待地想从吉嘎老师那里了解支教老师的情况，但吉嘎老师也是从玉龙西村村民口中得知的这一消息，就连新来的支教老师的姓名都不知道，好在明天我们就能与这位支教大学生见面了。

2005年吉嘎老师退休后，玉龙西村小就再也没有公办老师了。当时沙德区教办曾有撤并这所学校的想法，打算把玉龙西村小的学生并到六巴乡中心校。这样的话，玉龙西村小的家长每周都要把孩子送到30公里外的中心校寄宿，这不但增加了家长们接送孩子的负担，也增加了孩子来回途中的安全隐患。再加上六巴乡中心校本来学生寄宿就很困难，不少床铺都挤着两个学生，现在又要多解决二十几个学生的住宿，的确也不现实。最后乡里和村里动员他们自己的一位会计来兼任村小的教师，才勉强解决了这一问题。

吉嘎老师退休后的几年时间里，我几乎每一年都会去一次玉龙西村小，与那里的孩子交谈，了解他们的需求。有一年我见到一位刚读一年级的小男孩，我送给他一盒彩色蜡笔，过了两年当我再次遇见他时，他长高了半个头，我问他是不是读三年级了，他却不好意思地告诉我，他这几年一直都在读一年级，一共读了三次一年级。我非常奇怪为什么会重复读三次一年级。后来我询问了其他几个孩子，才知道这样的现象还不止他一个。原来村里聘的会计老师汉语水平不高，文化水平只能勉强看懂一年级的教材。不过在玉龙西村小读书是全免费的，而且学校中午还有一顿比较丰盛的午餐，孩子们在学校和同学们一起玩耍也很快乐，所以哪怕是读上三次一年级，也要比在家里强。我看到这样啼笑皆非的现象，心里很不是滋味，下山后我立即把这一情况反映到了康定县教育局，看他们能否给玉龙西的孩子们派一名老师，但这件事因为各种原因一直没能解决。

　　第二天一早，我们接上吉嘎老师后就出发了。吉嘎老师知道司机是第一次去玉龙西村小，途中要翻两座4000米以上的山，专门准备了面饼和卤牛肉，并告诉司机慢慢开，我们中午在甲根坝老乡家喝茶打个尖再走。汽车出康定后就开始翻折多山，遇上折多山修路，车时走时停。我和吉嘎老师聊起了这几年玉龙西的情况，他说他也为这里缺老师而发愁，有一段时间他曾想过再回玉龙西村小任教，但因为自己年龄大了，心脏也不太好，就一直没能回去。这次听说来了一位支教大学生，兴奋得一夜未眠。吉嘎老师说，如果不是等着和我一起，他前几天就自己搭便车去了。

　　下午两点我们到达雅哈垭口，贡嘎山的群峰就展现在面前，司机是第一次看到这样的美景，兴奋得叫了起来。于是我们一起在贡嘎山前合影留念，吉嘎老师告诉司机，翻过雅哈垭口后只需要一个小时的车程就能到达玉龙西村小。继续启程后,车离村小越近我们就越激动,我看着车窗外飞驰的景色感慨万千:前两年这里还是一片荒地,如今已经盖满了新房,那块熟悉的巨石上也刻上了六字真言,今年的草也比往年长得更茂盛了些。不知不觉我们到达了玉龙西村小,我们把车停靠在公路边,学校离公路不到100米。我和吉嘎老师还没走到教室门口,就听见一声声标准的普通话从教室里传出来。我们悄悄地走到了教室门前,教室门半开着,我随手拿起相机拍下了课堂上这位支教老师的第一张照片。当时已是5月,只见这位支教老师穿着一件毛衣,外面套着一件黄色的羽绒服,耳朵上还挂着一个"小蜜蜂",他左手拿着教科书,正在给学生讲授着书里的内容。我们没有打扰他,一直等到他上完课,才推门进去。第一眼见到支教老师时,我感觉他对我刚刚拍照的举动有些抵触,我马上做了自我介绍,然后再把吉嘎老师介绍给他。当他得知我们的身份时,变得特别激动,上前紧紧握着吉嘎老师的双手说:"今天终于见到您了,我就是从网上看到您的故事,才来到这里支教的!"吉嘎老师被这突如其来的热情吓到了,有些不知所措,为了缓解吉嘎老师的尴尬,我们一起找个地方坐下来聊了聊。

原来这位年轻的支教老师是清华大学电机系毕业的研究生,名字叫杜爱虎。2009年,还在清华大学读研究生的杜爱虎在网络上看见了我写的《离天最近的学校》,文中介绍了吉嘎老师独自一人在4000米雪线上的学校坚守27年的故事。杜爱虎被吉嘎老师的壮举深深地感动了,于是决定利用假期时间去文中的学校支教。他把吉嘎老师在国旗下的照片打印出来,拿着这张照片从北京找到了康定县,再从康定找到了玉龙西,最后找到了这所村小,开始了他的第一次支教。杜爱虎在平原城市中生活惯了,第一次上高原,第一次近距离地感受到雪山的雄伟,山野的粗犷,森林的宁静，草原的博大，让他每一天都处在兴奋中。很快，他到玉龙西的消息就传开了，村民们对城市里来的大学生都很感兴趣，课外时间总是找各种机会邀请杜爱虎到自己家中做客。一次一位素不相识的牧民隔着很远的距离就给杜爱虎打招呼，请他到帐篷里喝酥油茶，并拿出很多当地的食品招待他，但这位牧民朋友从头到尾都不会说一句汉语，只是用质朴的笑容和热情的动作来表达对杜爱虎的欢迎。杜爱虎刚来支教时，发现学校的学生几乎都不会说汉语，26天支教结束后，当他离开玉龙西村小回清华大学时，这些孩子们已经可以用流利的汉语跟他告别。这一次短时间的支教，给杜爱虎留下了极其深刻的印象，这次经历也为他之后再次回到玉龙西埋下了一颗种子。

聊天结束后，我们一起把车里的物资搬进了杜爱虎的办公室，办公室不大，约10平方米，里面有些杂乱，杜爱虎就住这间办公室。我告诉他这间房子我也住过，刚说完我顿时觉得不好意思，心里只觉得惭愧，因为这间房我只住了三个晚上，而如今一个清华大学的研究生却要长期住在这里。突然间我感觉到自己的渺小，也更加敬佩这位年轻人。

2012年1月，玉龙西村小放假了，杜爱虎来成都，我们第二次见面。我知道在玉龙西的生活比较枯燥乏味，于是送给他一台崭新的笔记本电脑。我们从早上一直谈到了下午，在谈话里我得知第二天就是杜爱虎26岁的生日，于是我邀请他到我家来做客。我的儿子比杜爱虎大一岁，当时听说他的故事后，也非常佩服杜爱虎，他自己悄悄地为杜爱虎买了一个生日蛋糕，我们全家一起为杜爱虎过了一个生日。

2011 年 6 月 1 日，我在玉龙西村小与杜爱虎及学生们合影

重建玉龙西村小

2013年4月20日8时02分，四川省雅安市芦山县龙门乡发生了7.0级特大地震，震源深度为13公里，受灾面积约为12500平方公里。康定、泸定、丹巴、九龙等地区均有较强的震感，此次地震共计造成196人死亡，11470人受伤。地震引起位于国道318线的磨子沟大桥附近山体垮塌，导致318线的交通完全瘫痪。当时的玉龙西也有很强烈的震感，玉龙西村小外墙水泥面大面积脱落、损毁，每间教室墙壁均有大小不等的裂缝。不过好在地震发生时，玉龙西村小还未到上学时间，学生们几乎都还在上学途中，所以全校学生并无一人伤亡。

经过此次地震，学校的建筑已经变成了危房，不再适合学生上课了，为了大家的安全，杜爱虎只好暂时把全校孩子集中在一位学生家里上课。他一面安定好学生，一面找当地领导汇报看是否能找到一处能够在保证安全的情况下，适合全校学生上课的地方。经过他一次又一次的努力寻找、协调，终于乡里党支书同意把刚建好还没启用的村文化活动中心的一间最大的活动室作为学生的教室。正是因为杜爱虎不断地与村里领导争取，领导们认识到孩子们上课的重要性，所以全校学生的学业都没有因为此次地震而受到影响，学生的家长也因为这件事更加感激这个从北京来的大学生。

我知道这件事情后也很高兴，很佩服杜爱虎在这次灾难面前的危机处理能力，同时我也想为玉龙西村小做一点事，于是我请杜爱虎把学校受灾情况拍下来，发送到我的邮箱里。看到玉龙西村小的损毁情况后，我立即和

杜爱虎刚来支教时的玉龙西村小

芦山地震造成玉龙西村小房屋受损严重

甘孜州教育局的嘎绒局长联系，并把学校受灾照片转发给他。嘎绒局长十分重视这件事情，一周不到的时间，就给玉龙西村小落实到了50万元的补助经费，这笔经费是专门以红头文件的形式下发给康定县教育局的。半个月后，我把文件的复印件交给了杜爱虎老师，让他一定要多去康定县教育局汇报学校情况，因为这所学校的人、财、物都是由康定县教育局管理，要使学校重建早日列入县里的计划，还需要杜爱虎做更多的工作。

　　从玉龙西村小到康定县一般来回需要三天的时间，为了重建学校，杜爱虎跑了好几次县教育局，每一次都是怀着希望而来，却带着失望而归。就这样一拖就是半年的时间，如果拖到冬天，就是经费下来了，也没办法在四千多米的高原施工了。杜爱虎实在没有办法了，只好到成都找到了我。我看见他黝黑的脸上愁郁不展，脸上都开始长出了细纹，才两年的时间，这个年轻的小伙沧桑了不少。我问他学生怎样，他说学校每天都按时上课，这学期又来了两位支教大学生，所以他才有时间来找我。他详细地讲述了这半年多在康定县教育局遇到的种种情况，我听完后已经大致清楚了这件事情的问题所在，我让杜爱虎先回去等我消息，并决定亲自去一趟甘孜州，去见一见这位县里的领导。

　　到了康定县我见到那位教育局局长，我同他讲了杜爱虎的故事，那天我说得很动情，我告诉局长："一位清华大学电机系毕业的研究生完全可以高薪留在北京工作，可是他却选择来到了我们康定县，来到了一所海拔四千多米的学校支教。教育局没有给他一分钱的补助，你们也没有去看过他，他却在那里已经坚守了两年，这是为了什么？他一位汉族青年，为了高原上的藏族同胞，为了高原上的孩子们能和康定县的孩子们一样享受到同样的教育。地震后你们也没去了解过玉龙西村小的受灾情况，杜爱虎几次翻山来到教育局想得到支持都是失望而归。我知道你们也有各种困难，但对这样一位有责任心、有爱心的青年，我们不但要重视，更要想办法全力支持。"这段话可能打动了那位局长，他表示很惭愧，他会马上去玉龙西村小，并邀请我在学校重建落成后来剪彩。

玉龙西村小的重建工作很快就开工了，此次重建工程是由一个内江市的建筑个体户通过招标承接的，承接的建筑商是我的老乡，我向他介绍了这所学校的来历，希望他在建筑过程当中，尽可能地考虑到高原高海拔的因素，保证工程质量，加快施工进度，确保在冬季来临前孩子们可以在新教室上课。杜爱虎对这所学校的重建更是费心，他几乎每天都要到学校施工现场查看施工进度，他本来就是学电机专业的，亲自教建筑工人怎样在最大程度节约材料的前提下，合理安全地在地下安装电暖管道。建筑工人从杜爱虎那里学习到了先进的电机知识，还和杜爱虎交上了朋友。

这次的新学校重建，不仅修了三间教室，而且还建了两套教师用房，教师用房是杜爱虎积极争取来的，因为他知道这里要想留住老师，住房是一个重要因素。新建的每套教师用房都有两间8平方米的房间，房间都安装上了电暖，零下二十几度的冬天也不会再感觉到寒冷。学校还修建了学生用餐食堂，能够容纳30位学生就餐。教室外的大操场比一个标准的篮球场还大，地面都用水泥铺上。厕所和厨房等配套设施一应俱全，整个学校的硬件设施在高原上算得上一流。新学校修建完成后没有举行剪彩仪式，但是全村的乡亲把自家的孩子送到新建好的学校时都露出了喜悦的笑容。

杜爱虎又在新建的学校坚守了一年半，就在这一年半的时间中，认识了一位支教女教师。他们有共同的志向，相互帮助，互相关心，他们在玉龙西村小产生了感情，最终在圣山之下恋爱了。

芦山地震后重建中的玉龙西村小

杜爱虎在贡嘎山下找到了自己的爱情

爱心的接力

2016年元月底，玉龙西村小放假了，杜爱虎刚到成都就邀请我吃饭，还说要给我一个惊喜。见面后我才知道他结婚了。他的妻子叫张颖君，是湖北恩施人，毕业于四川文理学院，是受杜爱虎的影响来到玉龙西村小支教的志愿者。她的个头不高，但显得很机灵。张颖君来到玉龙西村小支教时，村小重建工作刚完成，学校的条件比过去要好了很多，张颖君和杜爱虎各自都有了自己的办公和生活用房，他们余暇时间就一起去感受大自然的壮美与辽阔，他们一起谈人生、聊未来，最后面对贡嘎圣山互相吐露爱慕，他们共同用爱心哺育着高原上一个又一个的藏族孩子。

我向他们表示了祝福，然后问他们将来作何打算。杜爱虎告诉我，如今玉龙西村小的条件好了，去年康定县教育局派了两名年轻的公办教师到学校，这两名老师都是中师毕业的藏族老师，基本上能胜任那里的教学工作，现在他自己也成家了，为了自己的家庭和爱人，他准备下山了。我接着又问他下山后准备去什么地方，他说七中嘉祥外国语学校有意向聘请他们去当老师，我说太好了。杜爱虎知道我对目前贡嘎山的一批支教老师比较担心，他马上又说，他春节后还会回到玉龙西做一些后续安排工作，以后虽然不在贡嘎山一带教书，但是那里的工作他还是会一直坚持下去。那一次我们的谈话非常愉快，分别时我一直看着他们的背影远去，心想："快五年了，杜爱虎在贡嘎山下，不仅找到了人生价值，而且还找到了人生伴侣。"他经常开玩笑地说："自己把一名支教志愿者发展成了自己的妻子。"

春节后杜爱虎回到了玉龙西，他要带着新招募的支教老师和贡嘎山下的一些村小对接，另外还要对这些志愿者进行短期的培训，然后再把老师一个一个地送到所去的学校。志愿者们都是和杜爱虎签订的支教协议，因为杜爱虎对贡嘎山一带的学校比较了解，知道哪些学校缺什么学科的老师，杜爱虎自己建立了一个志愿者网站，在我的帮助下筹集到了一些善款，作为志愿支教老师的生活补贴。如何筛选合格的志愿者以及如何让支教老师完成学期课程任务等，对又当老师又做管理的杜爱虎来说也是一项巨大的挑战。这其中也遇到过被志愿者放鸽子的情况，在约定好集合日期的前一天，他接到志愿者妈妈的电话，口气很严肃："杜老师，我的女儿来不了了，因为我不同意。"还没等杜爱虎开口，电话就挂断了，这让杜爱虎很无奈。因为志愿者所有的工作都提前安排好了，最麻烦的就是如何向需要志愿者的学校校长交代，学校把志愿者的吃住都安排好了，还告知了学生家长，杜爱虎也只好硬着头皮去协调。

四年多的时间里，通过杜爱虎的不懈努力，他招募的志愿者有三十余人，这些志愿者们来自祖国的五湖四海，有北京、山东、江苏、湖北、四川、重庆等地的大学生，还有美国顶尖大学的中国留学生，他们都在贡嘎山一带的学校支教了半年或者一年。有许多志愿者我也见过，偶尔在过节时，也会接到他们来自远方的问候，虽然很多人我现在已经叫不出名字了，也不知道如今他们在何处工作，但他们在贡嘎山学校里支教的画面一直印在我的脑海里。

在玉龙西村小支教期间，杜爱虎最关心一位叫秋扎的学生。秋扎是一位患有严重肥胖症和语言功能障碍的男孩，8岁时体重就达到了七十多

很多老师受杜爱虎的影响来到这里支教

公斤，由于体重严重超标，再加上高原空气稀薄，导致心脏缺氧，影响了部分心脏功能，没走几步就会喘粗气。因为秋扎的外貌和其他小朋友不太一样，同学们都不爱和他玩耍，所以秋扎非常自卑。杜爱虎看到这些后，专门为秋扎单独上小课，放学后经常去秋扎家和他交流，知道秋扎身体不好，杜爱虎还筹集到了一部分资金专程带秋扎去北京治病。通过治疗和杜爱虎长期的帮助，如今秋扎的语言功能已经得到了很大的改善，能和同学们一起愉快地交流玩耍了。

环境的闭塞，文化的差异，让杜爱虎逐渐发现，学校的教材和自己的观念，有时并不适应本地教学，于是他带领支教老师们开始结合当地实际情况，探索合适的教学方法，研发适合本地的校本课程。比如之前的数学题会讲：公交车上本来有多少人，下去多少人，上来多少人，求现在的人数。但这里的小孩大都没见过公交车。所以他们就改成了"我有多少头牦牛，你有多少头牦牛，一共有多少头牦牛"之类。有一天上课前，一位志愿者带着学生朗诵唐诗《寻隐者不遇》。但这首诗的道理孩子们听不懂，所以志愿者就解释道："客人到你家来，问你的爸爸妈妈去哪里了。你说他们去山上挖虫草，但是具体在哪儿不知道。"这样就很贴近当地孩子们的生活。

下山后的杜爱虎在成都七中嘉祥外国语学校担任高三的物理老师和班主任，他的妻子也在嘉祥的一所幼儿园当老师。最近听说他又被派到四川阿坝州小金县的小金中学做挂职副校长了。我去年又回了一趟玉龙西村小，除了见到两位公办教师外，还见到了一位年轻的支教志愿者。同他们聊天时发现他们都知道吉嘎老师，知道我和杜爱虎。

离开玉龙西村小时，我回头望向教室的方向，琅琅的读书声和支教志愿者亲切的教书声传来，我知道吉嘎老师和杜爱虎为这所学校的爱心付出，正如同火炬一般传递了下去，越来越多的志愿者们接过了他们的教鞭，站在三尺讲台上，用爱心浇灌着高原的藏族孩子们。我向学校外面走去，身后湛蓝的天空下，玉龙西村小操场上的五星红旗迎风飘扬，贡嘎山高原村小的爱心接力也在继续传递。

杜爱虎特别挂心的男孩秋扎

91 岁的冯万才

雪山下的恋歌

四川省凉山州甘洛县葵花村，91岁的退伍老兵冯万才，弓着背，牵着老伴杨文英在房前散步。他俩步子迈得不大，准确地说是挪步，一步一步地往前挪。但无论是上下坎，还是平地走，他俩始终手拉着手，聊着柴米油盐，谁也插不进去。冯万才用他的行动告诉我们什么是"一日夫妻百日恩，百日夫妻比海深"。

与死神并肩

冯万才出生于1928年9月，山西忻州人。1947年被国民党阎锡山的部队抓去做了壮丁，第一件事就是修筑工事。太原三面环山，地势险要，为了阻止解放军攻城，国民党军在太原城周边修建了密密麻麻的工事，这些工事在当时被传得神乎其神，号称"不怕枪，不怕炮，不怕炸药炸"。为了修建这些工事，冯万才每天要干15个小时的活儿，凌晨摸黑干，夜晚摸黑睡。那时候解放军已经从四面八方压进太原，太原城就像一个铁桶，被解放军围得缝隙不透。城里已经快要断粮了，冯万才他们每天早晚都只能喝一碗比清水好一点的杂粥，只有中午才有半碗用糙米做的干饭。几个月下来，冯万才瘦了20斤。

碉堡工事修完后，他们把冯万才这一批新兵蛋子编入了部队，每人发了一杆枪，训练了半个月，就让他们上战场了，而且直接把他们安排到一线最前沿。1948年初冬，太原下了两场雪，气温骤降到了零下10℃，国民党兵已经到了崩溃的边缘。当时又冷又饿的冯万才，在战壕里每天都能听到数百米外解放军的喊话声。那些喊话声深深地刺痛了冯万才的心，"我

冯万才的军功章

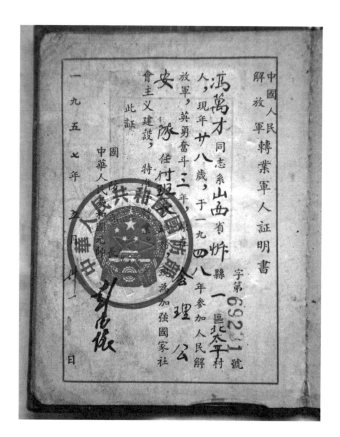

冯万才的转业证明

想家，想我的母亲"，他常常躲在战壕里偷着流眼泪。这些事过了70年，冯万才才告诉我，就是那段喊话让他下定决心逃跑的。他用年迈的嗓音向我背诵了当年的喊话内容："家在解放区，人在太原城。眼看过大年，挨饿又挨冻。要想过大年，跑回解放区。为人当炮灰，送命没下场。"冯万才与一名战友约好一起逃跑，投奔解放军。他们本来想天黑时逃跑，但观察了几天发现晚上部队管得严，几乎脱不了身，一旦暴露那是必死无疑。后来他们商量决定在白天炮击时，利用漫天的炮灰作掩护逃跑。因为炮击的时候，炮灰、烟雾、激起来的尘土把整个天盖起来，这些尘埃和刺鼻的烟味让人无暇他顾，他们还要忙着躲避炮弹、流弹、弹壳等。这样逃跑胜算会更大。

　　冯万才回忆起那次逃跑的过程，数枚炮弹呼啸而来，他们趁着炮弹炸开的尘灰和烟雾，直奔解放军部队。他俩刚冲出去不到70米，一枚炮弹在身边几米处落下，冯万才在卧倒躲避时，腿部被炽热的弹片击中，鲜血流了出来。冯万才用布带包扎好伤口，正想接着向前跑时，看见刚刚还和他一起逃跑的战友被一串子弹击中，这串子弹来自他们的身后，冯万才明白是自己的部队发现了他们。冯万才眼睁睁地看着那位战友的头盖骨被子弹揭去了一半，只剩下血肉模糊的下半部，顷刻间身子就软了，瘫下了。还没等冯万才过去救他，他已经伸直了腿，咽气了。冯万才当时脑袋一片空白，好长时间都没缓过劲儿，他两腿直发软，根本不敢再往前跑，就躺在炮弹坑里。对他来说，那段时间是缓慢的，甚至是停止的。钟表的发条就像断了弦一样，一开始停滞，后来混乱了起来，他一会儿想到被国民党军队抓回去受审的惨状，一会儿又是侥幸逃脱的自由，两个脑袋不停地打架。一下子是娘，一下子是爹，一下子又是那间老屋。等到天黑，两位解放军战士把他从弹坑里救了出来，他才死里逃生。说到这里，冯万才指着脚上的伤疤说，如果那块弹片划伤的不是腿，如果没有解放军的帮助，他不可能活到现在。

冯万才感激解放军的救命之恩，放弃了回家的想法，自愿申请参加解放军，后来还参加了解放西安和兰州的战役。冯万才至今还清楚地记着自己所在部队的番号：第一野战军十八兵团六十二军一八四师五五〇团三营八连五班。1949年底，冯万才随部队南下参加解放成都的战役，1950年解放西昌、会理后，冯万才所在的部队在会理解散改制，他成了一名公安民警。1956年根据大凉山彝族地区废除奴隶制的民主改革的工作需要，冯万才先后调金阳县、甘洛县公安局工作，在甘洛县民主改革时，冯万才带队在甘洛县普昌地区解救了一批"娃子"（凉山彝族地区对奴隶的称呼），其中有一个女孩叫杨文英。

美丽贤惠的杨文英给冯万才留下了好印象，1957年春节期间，冯万才主动向杨文英提亲，从那以后他们一起组建了一个美好的家庭。

死，也要死在一起！

婚后不久，杨文英就怀上了孩子，这一消息让在公安局工作的冯万才高兴不已，逢人就说："我要当爸爸了！"为了自己心爱的妻子和未出世的孩子，每个周六下班后冯万才都要走二十多里的山路回家，做些体力活，减轻爱人的负担。当时冯万才的工资虽然不算很高，但在民族地区的两口之家中还算是富裕的。杨文英总让丈夫要节约，不要乱花钱，但冯万

老年的冯万才和他的妻子

眺望贡嘎群峰，让冯万才感到平静

才每次回家前都会在城里买些好吃的和平日里乡下见不到的小玩意儿，带回家给杨文英。不久后，儿子出生了，这让冯万才原本和睦美满的家庭更加丰富多彩。正当他们陶醉在甜蜜的生活中时，突然有一天，卫生部门的负责人找到了冯万才的单位，很严肃地告诉他："你的爱人杨文英，患上了麻风病。"

这个消息就像晴天霹雳砸在冯万才身上，他当时就蒙了，大脑一片空白，什么话也说不出来。缓了缓心绪后，冯万才回想起前几次回家时，妻子总是说身上很痒，就像很多蚂蚁在身上爬。当时的冯万才并没在意，只是告诉妻子，用手挠一挠就好了。有时候后背痒处够不着，冯万才还帮忙挠一挠，可他也没多想。再后来又发现妻子的背上和腿上都长满了很多红色的小点点，这些红色的小点慢慢地变成一种斑疹，越来越大，越来越多。冯万才当时根本没有意识到这是麻风病的前兆，还以为是妻子产后半年受湿热长的湿疹，他那段时间还给妻子带回了很多祛湿疹的中草药，让妻子坚持泡澡。

冯万才知道麻风病是皮肤病中的魔鬼，一旦患上了麻风病，不仅幸福的小家没了，而且年轻的妻子也很有可能丧命于这种病。他好几天都吃不下饭，在单位也不说话。同事们都说他一夜之间完全变了一个人。冯万才在公安局工作时，经常下乡听过一些老前辈讲麻风病的可怕。20世纪30年代，当时的政府会贴布告逮捕麻风病患者，在一些偏远的地区，麻风病人往往是会被火烧死或者活埋的。1947年就在甘洛县附近的一个村，有两位彝族同胞患上了麻风病，全体村民凑了钱给两位麻风病人买了一头牛杀了，让他们吃了一天。在彝族的民俗中，杀牛是对待族人的最高礼节。第二天，村民就用牛皮把两位麻风病人裹在里面，抬到深山里面活埋了。这两位麻风病人也毫无怨言。我认识的一位老人亲眼见过这个场面。他跟我说，当时非常悲壮，全村人都流了泪，那两个人脸上是一片死寂和绝望，但却很平静，全程没有任何挣扎。我可以想象那个场景，却难以想象那种心情。

我接触麻风病人有二十多年，对麻风病也有一些了解。现在，科学解释麻风病是由麻风杆菌引起的一种慢性传染病，主要病变在皮肤和周围神经。临床表现为麻木性皮肤损害，神经粗大，严重者甚至肢端残废。麻风病主要通过上呼吸道或密切接触传播。发病后如未及时治疗和处理，可致严重的畸残。未经治疗的麻风病人是唯一的已知传染源。麻风病的早期主要是皮肤上出现不痛不痒的浅色或红色斑片，如不能早期发现和治疗，病发时皮肤多伴有感觉减退或丧失，病情逐渐发展后可能出现兔眼、歪嘴、爪形手、垂足、足底溃疡等畸残。新中国成立后，国家已经研发出了治愈麻风病的特效药，由于积极防治，麻风病已得到有效控制，发病率已显著下降。现在的麻风病人已经可以远离死亡，但仍旧会有各种手足残疾、五官残缺的后果。

冯万才怎么也没想到，麻风病会降临到自己的妻子身上，他找了好几次医生，想证实"这不是真的"，医生的回答总是一次次打碎他的幻想。医生同时也说："这种病现在已经能够治愈了，不过需要隔离治疗，县里已经决定把杨文英这一批麻风病患者集中起来治疗，你的爱人不会死。"听完医生的话，冯万才心里稍微有了一点儿安慰。随后他又多方打听，县里会把自己的妻子安排在什么地方，那里生活条件怎么样，环境怎么样，他该准备什么。后来得知，这批麻风病人会集中安置到离县城几十公里外的一个无人区，去到那里需要经过一片乱石坡和深海森林，那里海拔很

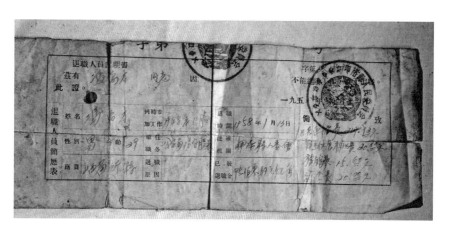

冯万才的退职人员证明书

高，几乎不通路，周围全都是高山和丛林，听说叫"银板山"。冯万才从来也没去过那里。这意味着冯万才和杨文英即将面临长时间的分离。杨文英看着自己刚会走路的儿子，含着泪嘱托冯万才："我们分开后，你就再去找一个伴，凭你现在的条件，会找到比我更好的。我唯一的希望就是你好好地把儿子养大成人，我是没办法尽好母亲的责任了。"说完杨文英已经泪流满面，这时的冯万才没有流泪，只说了一句："要死，我们俩也要一起死。"

　　第二天，冯万才向公安局递交了退职申请，公安局的领导见他的态度十分坚决，阻止不了他，只好给冯万才办理了退职手续。这张退职人员证明书虽然随着岁月褪色、发黄，但冯万才依旧像宝贝一样保存至今。我见过这张证明书，并用相机拍了下来，上面清楚地写着冯万才的退职费是649.7元。冯万才带着这笔钱和孩子同杨文英来到了银板山，开始了他们一个甲子的人生。

葵花盛开的地方

冯万才和杨文英于1959年来到银板山，当时那里已经集中了一百多余名麻风病人，他们都是甘洛县各乡村近年普查发现的各类麻风病患者，年龄最大的有63岁，最小的只有11岁。政府把他们集中在这片无人居住的地方，一是为了给他们集中治疗，二是防止病菌传染给其他人。冯万才看见这里不少病人病情都十分严重，有的人根本无法站立，只能在地上爬着前进；有的人脸部肿烂变形，比电影里的魔鬼还可怕。只有他和儿子是这群人中没有患病的人。庆幸的是，他的妻子是这群病人中病情最轻的，除脚部因麻风病溃疡造成行走不便外，几乎和正常人一样。但冯万才想到以后自己和年轻的妻子要与这群麻风病人长期生活在一起，他不禁浑身冒汗、心里发凉，但也毫无办法。他知道自己已经回不去了，这里以后就是他们唯一的家。

负责管理这批麻风病人的干部是周医生。周医生之前是一位国民党军医，这次把他派到这里来，是对他过去那段不光彩经历的改造，同时又是政府对他的重用和考验。周医生读过大学，有文化，对人很好，他看见冯万才带着1岁的儿子跟随着妻子杨文英来到银板山一起生活，对这位有过当兵经历的青年十分亲切，深入了解后得知冯万才是为了夫妻不分离，专门辞去了令人羡慕的公安工作，这让周医生更加敬佩他了。周医生劝说冯万才不要待在银板山，这里全是麻风病人，被感染的风险非常大。他让冯万才放心，自己一定会精心治疗和照顾杨文英，等过几年杨文英治愈后，再

葵花村的麻风病人

来接她回家。但冯万才却说："我们死也要死在一起！另外，这里只有你一位医生，你年龄大，也需要帮手，我留下来帮你。"周医生见冯万才执拗不分开，也只好留下了他们。

周医生给冯万才选了一处朝阳又临水的位置，并告诉他："你不是麻风病人，可以单独在这里搭建房屋。但建房屋全靠自己，这里也没有人帮得上忙，这是我唯一能给你的照顾。"冯万才得到周医生的同意后，第二天就上山伐木。那个年代，银板山的四面都是森林，伐木建房也不需要层层审批和若干手续，冯万才在森林里砍伐了一些自己能扛得动的树木，把树枝去除掉，把树干一根根地扛回了住地。他又花了5天时间，在旷野间寻找各类石头。冯万才有在太原修筑工事的经验，他用石头和泥土混合，砌成的墙虽然不够平整，但很坚固粗犷。他把大的原木料做成梁，小的木棍铺在屋顶，屋顶上再盖上野草，门窗都是用各种大小的原木做成的。这样的房屋虽然简陋，但是冬暖夏凉。

杨文英在冯万才的精心照顾和周医生的耐心治疗下，病情得到了很好的控制，基本没有造成多大的残疾，仅是左脚失去了几个脚趾，行走起来比常人慢一些。冯万才夫妻俩已经完全适应了这里的生活，当3岁的儿子能漫山遍野跑的时候，杨文英又怀孕了。10个月后，冯万才又添了一位千金，女儿的降生让冯万才乐开了花。

银板山麻风聚集地，最多的时候集中了三百多名麻风病人，这批病人在荒野间开垦荒地，种植玉米。除此之外政府还会补给一些油、盐等生活物资，但这些物资都需要去山下田坝镇领取。于是冯万才便承担起了这项任务，他每个月都会下山一趟，下山需要花3小时，食物多就用马驮，少的话就自己用肩扛。有一次在上山途中遭遇雷雨，他为了保护好食物，只好躲在岩洞中，他目睹了闪电把不远处的一棵大树劈开，紧接着震耳欲聋的雷声伴随着火球在大树上燃烧着，冲天的火焰很快又被倾盆的大雨浇灭。这个场面就在旷野中发生。好在冯万才当过兵上过战场，见过密集的炮弹，看见这个场景还是很镇定，要是换了其他人，早就吓得不知所措。后来冯万才把食物完好带了回去，但他并没和任何人提起途中的这个遭遇。

　　冯万才还告诉我一件离奇的事：当时他在麻风村时，村里养了五十多只猫，这些猫都是从县里买来的。养这么多猫的原因是，在1962年的一天早晨，村里有4位麻风病人醒来时都发现自己的几个脚指头和手指头不见了。大家都非常奇怪，有人说是遇见鬼了，有人说是这几个人做了坏事，老天爷给的报应，一时间村里谣言四起，众说纷纭。后来周医生一个一个检查病人的伤口情况，最终得出一个结论：是老鼠在夜静时跑到集体住房里，咬那些失去末梢肢体感觉的病人的手指和脚趾，病人因为感觉不到疼痛，所以在夜里并未惊醒，而是继续睡觉，直到第二天早上醒来时才发现。这一发现，麻风村开始大量饲养猫。当冯万才讲起这件离奇的事情时，我还不太相信，以为是他夸大了事实，而且也有许多疑问，为什么麻风病人晚上睡觉时被老鼠咬了脚指头和手指头会一点儿感觉都没有呢？于是带着这个疑问，我去查阅了很多关于麻风病的资料，也走访调研了部分麻风病人，了解到麻风病是由麻风杆菌引起的慢性接触性传染病，主要侵犯人体的皮肤和神经，我也曾经看过许多麻风病人的伤口溃烂处都十分可怕，于是我关心他们的伤口痛不痛，这些麻风病人却告诉我他们不觉得很痛，几乎没感觉，有好几次我都看见几位麻风病人把手伸进七八十摄氏度的烫水里面，却丝毫感觉不到烫手。我这才明白冯万才讲的故事并没有夸大事实，麻风病人肢体末梢没有知觉，老鼠多的时候啃指头不觉得痛，也

2007 年，葵花村的孩子们

是常有的事。

　　麻风村1967年开始种植向日葵，这个建议也是周医生当时提出来的。周医生说这里的海拔有二千三百多米，阳光充足，日照时间较长，适合种植向日葵，加上向日葵生长对土壤要求很低，易于成活。于是冯万才便下山买了几十斤向日葵的种子。4月开始播种，7月就成了一片花的海洋。开花的半个月时间里，是麻风病人笑容最多的一段时间，每天都有麻风病人拄着拐棍、拖着残缺的身体来到向日葵花田前，他们一面向着太阳，一面看着自己亲手种植的向日葵，心里感受到了一种从未有过的满足。他们在花田里集体高唱《东方红》，一起背诵《毛主席语录》，一起高呼："共产党万岁！"

　　就在这个愉快的日子里，县里突然来了两个身穿制服的工作人员，把周医生带走了，说他以前是国民党一员，替国民党的高官治过病，是反革命分子。冯万才一再和两位干部理论，说这里需要周医生，因为这里只有他一个医生，十多年来他一心一意为这里的麻风病人治病，从未听到周医生有任何反党的言论，也没有听到周医生有抱怨的话语。但两位工作人员根本没有理睬，直接将周医生绑起带走了。从那以后，周医生就再也没回过麻风村，听说他被批斗，又被迫劳改，几年后就死了。

　　这件事让冯万才心里很难受，他会经常想起周医生，想到这样一位有文化，有医术，又能在这种艰苦环境下坚持十几年为麻风病人治病的医生，怎么可能会是反革命者呢？他得不到答案，经常一个人爬到银板山的顶峰，因为在那里可以遥望贡嘎雪峰，他独自面对雪山，一坐就是好几个小时，把心里的不解向这座四川最高的圣山倾诉。每次从山顶回来，他心里就会好受很多。麻风村的人们都很怀念周医生，为了纪念他，冯万才提议在清明节前播种向日葵时哼唱《四季歌》，因为这首歌是周医生教会他们的，他们一边播种向日葵，一边哼唱"春季到来绿满窗"来纪念他们的恩人周医生。

麻风村的向日葵一年比一年长得茂盛，往日的荒野如今已经变成漫山的金黄；当初的无人区，现在已经和普通村落一样恢复了生机。2005年政府正式把甘洛县麻风康复村更名为甘洛县胜利乡葵花村。

2015年我再次来到葵花村，登上了银板山，看见了云雾缭绕的贡嘎雪峰，再一次感受到了雪山的辉煌和博大，也更加理解了冯万才四十多年前对雪山的倾诉。

最后的牵手

2012年9月，我第一次来到葵花村，但村里很多人都认识我，眼光里都透露出一种敬意和感谢。原来他们是前几年在电视新闻报道中看见我在阿布洛哈村（麻风村）建小学，修路，送粮送药，从电视里认识了我，他们都和新闻里阿布洛哈村村民一样叫我"林爸爸"。村委会主任是一位麻风病人的后代，上过初中，在村里是知识分子。他告诉我："自从2007年您帮助麻风村的事被中央电视台连续报道后，我们村来的领导也多了，变化也大了，2008年村里还来了一位副州长，政府在资金不充裕的情况下还拨款了五百多万，对全村的房屋进行了改造，如今每家每户都是瓦房水泥墙，入户的路全都铺成了一米二宽的水泥路，还修建了沼气池，接通了自来水。"村里的小学是2001年修建的，当时条件很差，只有一间土墙教室，现在已被砖墙瓦房屋代替，还修建了新的教室、宿舍和操场，四十多个孩子都在宽敞、明亮的教室里学习。这里虽然海拔较高，四周都是山，但葵花村地势平坦，从远处看就是一个大坝子，葵花开时就像一个泛着金光的湖泊，宁静、安详。这里不是被遗弃的山谷，而是圣人眷顾的地方。遗憾的是，要是早一个月来，我还能看见葵花盛开的美景。

我开始每家每户走访，就在那一次我认识了冯万才和杨文英。

可能是我与冯万才都当过兵，一见如故，他说他在电视上看见过我，还说我能在麻风村和那些病人同吃同住真了不起。我说："你在麻风村住了60年，更伟大。"冯万才接着说："我住在这里是为了我的爱人和我的家。"我感觉到冯万才是一个有故事的人，于是决定当天不回县城了，就在村委会旁边的一间空房里对付一夜，这样第二天就有更多的时间了解冯万才一家。

第二天天还没亮，我就被村里此起彼伏的公鸡打鸣声叫醒了，起床后才发现树林间的鸟叫声和晨雾环绕着整个村子，早晨新鲜的空气让人神清气爽，此刻的葵花村完全被笼罩在薄雾中，就像一幅泼墨山水图在我的眼前徐徐展开。在这如画的美景中我不禁感叹：麻风病人生活在这样的环境里也是他们的福分。正当我沉浸在美景中时，突然间看见远处有两位老人正在铺好的水泥路上漫步，走近一看原来正是冯万才和他的妻子杨文英。只见冯万才左手拄着拐杖，右手拉着老伴，他们的步子迈得很小，走得也很慢。这样的场景让我非常动容，后来几位村民告诉我冯万才夫妻俩这样牵手散步已经有几十年，村民们都习以为常了。

就在那一天，我了解到冯万才和杨文英的许多故事，几乎记满了整个笔记本。聊天时，冯万才从一个铁皮盒里拿出了一个破布包，包里装着两枚奖章和入伍军人证明，奖章和证书他完整地保存了七十多年，虽然奖章已经随着岁月开始生锈，但奖章上的八一军旗却依旧鲜艳。我突然感觉到一位老兵对荣誉的珍惜，我知道这包里的东西是比他的命还重要的。在交流中，冯万才很少提起自己曾经获得的荣誉和立过的功，说得更多的是近几年政府对他的帮助和关爱，特别是从2007年10月起，政府每个月都要给他1800元的生活补贴费，这几年又增加到了2400元，他感恩政府在他生命最后的阶段给予他的关心。他在重新改建的房屋的正屋前，用小石块做了一个新的图案，上面写着"感恩共产党"。

那次回到成都后，不知怎么的，我会时常想起两位老人，后来我决定每年都去看他们一次，每次去都会顺便给他们带点生活必需品。我记得有一次我带着我的一位学生去看望他们，后来我的学生还埋怨我为什么不早点带他来受教育，如果早点来，他一定不会和他的妻子离婚，如今可能都有孩子了。我的这位学生原来是电视台的摄像记者，结婚后由于长期出差，平时爱抽烟喝酒，生活也不规律，结婚半年后夫妻俩因为小事就闹矛盾，两人相互都不说话，不到半个月就离婚了。他在返程的路上一直都没说话，我知道是冯万才和杨文英的恩爱刺痛了他，但过去的事也没办法重来，只能是个教训，庆幸的是以后的路还很长。

2019年是中国人民解放军建军92周年，八一建军节快到了，从中央到地方都在用不同的方式纪念这一节日，此刻我也想去一趟葵花村。出发前，我专门制作了一张贡嘎雪峰的照片，这张照片12年前就被军事博物馆收藏了。我知道冯万才喜欢山，特别爱贡嘎山，他在麻风村只要遇见困难找不到答案时，就会独自登银板山，在银板山顶可以眺望贡嘎山的群峰，虽然那些雪峰不能帮助他解决烦心事，但可以帮助他舒缓情绪，让他的心

一甲子的牵手

四世同堂

静下来。我在照片上签好名，准备在八一建军节前赠送给冯万才。出发前两天我给葵花村的驻村干部吴均打了个电话，吴均告诉我，冯万才已于半个月前去世了。我很惊讶，半年前我在葵花村与他告别时，他一手牵着杨文英一手拉着我，坚持走了三百多米把我送上了车，我挥手向他告别，跟他说下次见。万万没想到那一次竟然成了我们最后的告别。吴均告诉我，冯万才生命的最后阶段，村里安排他去县城救治，但冯万才坚持不愿下山，一直让杨文英守护着他，直到他闭眼离开。我得知这消息后，便想马上赶往葵花村，吴均说这段时间因长期下雨，去往山上的路有多处塌方，昨天刚抢修好的路又被大雨冲断了。我不得不取消了这次去葵花村的计划，从微信里转了点钱，请吴均去葵花村时帮我转交给杨文英，以表示我对冯万才的慰问。

打开电脑，寻找着我这几年记录冯万才夫妇生活的那些视频，再一次看见冯万才说"一日夫妻百日恩，百日夫妻比海深"，最后，我将视频定格在他们夫妻手牵手的画面中，我明白，一个男人不能轻易说爱，一旦说了，就要像冯万才那样，有一辈子为爱献身的勇气，无论这种爱是对自己的祖国，还是对自己的女人。

一辈子的向导

一辈子只干一件事，能把这件事干得多好呢？在贡嘎山有一位向导，他叫格勒。以前在贡嘎山当马帮，后来在贡嘎山当向导，一辈子都给了贡嘎山，只干了引路贡嘎山这一件事。他对贡嘎山的地形了如指掌，对当地的风土人情熟记于心，是当地藏民心中的老大哥，也是我一辈子的好朋友。他用实际行动告诉我——告诉我们一辈子只干一件事可以干得有多好。

初识格勒

1979年5月，我还是一名军人，那一年我参加了第四届全军运动会，在运动会上我打破了全军田径十项全能纪录，获得无上的荣誉。但多年超负荷大运动量的训练，给我造成了许多伤病，我不得不在最辉煌的时期中断了自己喜爱的体育运动。1979年年底，我告别了解放军八一田径队，回到成都，在四川省军区宣传处做了一名宣传干事。就在那一年，我用破纪录所获的200元奖金买了一台照相机，开始接触摄影。

1980年秋天，四川省军区在甘孜、阿坝的部队要缩编。为了顺利做好缩编部队的干部和战士的思想工作，我参加了缩编工作组。我随工作组来到甘孜州道孚县，当时缩编的十团就在道孚县的县城旁，离县城只有两三公里。团部所在地地势较高，靠近一条河流，前面有一片大坝子，周围的枫叶红了，银杏叶黄了，红黄相间，看起来很美也很灿烂。我在团部工作一个星期后，就被分配到下面的部队蹲点，蹲点的地方在康定新都桥镇。新都桥镇是"康巴第一关"，在折多山以西，是川藏线南北的交会之地；

向导格勒

处于由川入藏的咽喉要塞之地，平均海拔在3500米以上，那里驻守着一个加强连，他们的主要任务是看守新都桥监狱。新都桥监狱有许多监区，因此部队也非常分散。

白天犯人们都在劳改农场劳动，监狱附近的农场几乎都没有人家，很少见到牧民。所以，他们只要见到当地人，就觉得格外亲切。新都桥监狱给我的第一印象是不像内地的监狱有着高高的围墙和铁丝网，在这里犯人劳动时还可以和当地的藏族群众交流，比较人性化，看上去就像一个规范管理的大农场。

配合我工作的是团部的李干事，他很羡慕我，因为我胸前挂着一台照相机，他一直喜欢盯着我的相机看。我告诉他："这里风景太美了。"他说："贡嘎山比这里美多了，有机会你一定要去那里拍照。正好今天格勒向导要到农场来送东西，我介绍你们认识，你以后去贡嘎山拍照就方便了。"接着，李干事用特别自豪的语气介绍，"格勒在贡嘎山一带非常有名，他给很多国际登山团队当过向导。"听李干事说完，我决定和他一起去迎接格勒。

我们俩走出新都桥镇，一路上有许多的小山坡，山坡的远处就能看见大雪山山脉，山脉的主峰为贡嘎雪山。这些雪山被前面的山峰挡住了，我们又处于凹地，因此在新都桥镇看贡嘎雪山，就显得没那么雄伟。新都桥镇旁，有一个很大的坝子，那是民国时期修建的新都桥机场，我们至今还能看见当年的飞机土跑道，跑道两侧都长满了半人高的野草。听当地人介绍，机场修好后，由于设施非常简陋，至今没有一架飞机降落过，但当地人看见过飞机在机场上空盘旋。我们穿过老机场，继续往格勒来的方向走去。前方的路边有用石头和泥土搭建的一栋栋民居，屋旁一株又一株的白杨树，在阳光的映照下，构成了一幅幅美丽的图画。突然间随风传来优美嘹亮的歌声，在我们身旁回荡。我一会儿奔向高处，一会儿来到小溪，用手中的相机不断地记录下我眼中的美景。但是美丽的景色太多，而我带的胶卷数量又有限，所以每拍一张照片我都会仔细斟酌调整很久，才按下快门。

就这样，我和李干事边走边拍，很快两个小时就过去了。这时李干事指着远处的一处山丘说道："格勒到了！"我顺着他手指的方向望去，只看见远处一位中年汉子骑着一匹枣红色的马，在向我们挥手打招呼。等到格勒下马走到我们跟前，我才发现格勒的个头很高，大概有一米八四，身材强壮魁梧，隔着衣物都能感觉到他肌肉的力量。格勒黑黝黝的脸上有着曾经登山留下的痕迹，那些痕迹既透露出一种坚韧和勇敢，同时又有着一丝忠厚与和善，让人一眼就觉得是可以信赖的伙伴。

格勒看到我们很吃惊，问李干事怎么走这么远的路来接他，李干事马上把我介绍给了格勒，告诉他这是省里来的同志，而且十分爱好摄影。和格勒认识之后，他同我们一道往农场的方向走去，一路上我不停地追问格勒有关贡嘎山的情况，向他打听1957年中国登山队登上贡嘎山的情况。这时候我突然发现格勒老盯着我，眼神中带着惊奇和疑惑，我也很疑惑。询问后才知道，格勒说我的体型和个头都很像他在1957年带队登山时登山队里的一位朋友，这位朋友名叫国德存，周围朋友都亲切地叫他国大轧。1957年5月14日，国德存和他的登山团队来到贡嘎山区，认识了当时的马帮格勒，格勒承担了为登山队带路和运送给养的任务。国德存的家乡离贡嘎山很远，是在靠近俄罗斯边境一个叫满洲里的地方，国德存是全国公路十公里竞走的健将。我们俩都是搞体育出身，难怪格勒会觉得我们相像。很

格勒的马帮

快，我们就回到了农场，格勒把他带来的物资放下后就要和我们告别，临走时他邀请我去贡嘎山拍照，他担任我的向导，带我去看最美的风景。他拿白纸画了一张路线草图给我，并告诉我到图中标注的地方去找他。

我收好了草图，和李干事一起目送格勒骑着马消失在山间。我在心里默默地告诉自己，以后有机会一定要找格勒带我去一次贡嘎山。

望远镜

1975年，我参加了第三届全军运动会，回到成都军区后，体工队安排田径队的运动员下部队锻炼三个月，我被分配到省军区第十一团三营九连当战士，我们的团部在成都市郊的三瓦窑，正好遇上了团里的大比武，连队的战友们听说我是体工队的运动员，都想让我在这次大比武中为连里争光，但是我对自己评估和分析了一下，我对射击不熟练，跑得倒是挺快，但又对障碍跑不熟悉，没有把握取得好名次。最后根据自身情况，我最终报名参加了投手榴弹的项目。我在体工队十项全能的项目中，有标枪、铁饼、铅球三个投掷类项目，为了提高成绩，有时也会用训练专用手榴弹进行辅助练习。一般训练都用700克的手榴弹，而团部比赛用的是500克手榴弹。比赛当日，我投出了74.6米的好成绩，获得了这个比赛项目的第一名，同时也打破了全团68.2米的比赛纪录。这次比赛，省军区不仅为我颁发了奖状，还奖励我一台军用望远镜。要知道，当时望远镜只有营长以上级别才有资格配备。

一个月后全团进行了为期20天的拉练，每天都要走四十多公里，还要翻山，但我一直把望远镜带在身边。三个月后回到体工队，篮球、排球、足球项目的运动员们看到我的望远镜，都十分羡慕。

20世纪80年代，我只要上高原，有两样必带的东西：一是照相机，另一个就是这台望远镜。我的照相机从最初国产的海鸥牌更换到了日本的美能达单反相机，几年后又换成了尼康F3相机，但那台望远镜却一直没有换过。

1983年5月，我因出差再次来到康定，公事办完后，我告诉军分区的领导，想去贡嘎山进行调研。军分区领导为我提供了方便，用车把我送到贡嘎山附近的六巴乡（今贡嘎山镇）。我在那里休息一晚，第二天就见到了格勒。我们像久别的老战友一样拥抱在一起，然后我把我随身携带的望远镜送给了他。格勒竟然像小孩一样兴奋地跳了起来，嘴里不断地说着："太珍贵了！"脸上也露出了不好意思的表情。我给他解释："你长期在贡嘎山做向导，比我更需要这台望远镜。"格勒一边拿着望远镜向远山望，一边对我说："要是1957年有这么一台望远镜我就可以通过镜头去了解海拔5000米以上的雪崩槽的变化，分析出哪个时间段容易发生雪崩，也就可以避免很多事故发生了。"

后来几天我就跟着格勒开始了我们的贡嘎山之旅。格勒猜想我在城市里很少骑马，所以专门为我准备了一匹温顺听话的好马，另外为了保障我们这次贡嘎之旅，还安排了一匹驮行李的马。一路上我一边看着风景，一边听格勒介绍当地的自然风光和风土人情。格勒不愧是一名优秀的向导，他知道我们走过的每一条沟通向什么地方，也知道什么地方会有野生动物出没。据他介绍，当地居住的大多为藏族，都说木雅方言，信奉白教，每年藏历六月七日至二十四日都要在贡嘎山山脚下的贡嘎寺里举行朝拜神山

格勒行走在雪山之间

的盛大经会。我第一次靠近贡嘎山，格勒就让我了解到了这座山的雄伟：贡嘎山是横断山脉的主峰，海拔7500米，地处四川西部，在康定、泸定、石棉和九龙等县之间的高原上，西面是雅砻江，东面为大渡河，南北有200公里，东西宽约100公里，主峰周围有二十余座海拔6000米左右的高峰，在藏语中"贡"为"至高无上"，"嘎"为"洁白无瑕"，贡嘎山又是藏、汉、彝三族分界线，山的东面是摩西区，主要居住人群为汉彝两族，山的西面是木雅区，主要居住人群为藏族。格勒说这段话时，就像一位有着丰富经验的长老，时隔40年，我记忆犹新。

从六巴乡到贡嘎寺骑马需要整整两天时间，途经三个村寨，分别是上木居、下木居、姊妹村。在途中，我看到周围的土地都是光秃秃的，于是好奇地询问格勒是否是海拔高的原因。他解释说，在贡嘎山以东地区为山地平原，地势较为平坦，气候湿润，因此在贡嘎山东坡3500米的海拔上，还生长着原始森林；但在反过来的西坡，因为靠近青藏高原的起始点，地势较高，气候干燥，降雨量少，树木几乎都没法生长，而我们现在所在高度为3700米，当然就看不到树木了。听完格勒的解释，我暗自惊讶格勒的地理知识居然比我一个城里的人知道得都多。后来我亲眼看见他在3800米的野外用火镰石生火，不到半小时，就让我们吃上了土豆面皮，这样的求生技能，让我对格勒佩服得五体投地。

我和格勒到达姊妹村已是下午6点，我们决定在村里暂时休息一晚，明天一大早就出发去拍照。那个时候的姊妹村只有几户人家，格勒对这个村子的情况了如指掌，无论是哪家有几口人，或者是有几头羊，他都知道得清清楚楚。因为这个村庄进出十分不便，格勒每次经过姊妹村都会把一些生活必需品带给村民。这时我才恍然大悟，原来我们一路上驮行李的马匹上面有一半的物资都是运送给这里的村民的。我们还没进村，就有两条大狗冲出来迎接格勒，仿佛是相识多年的老朋友回家一样。姊妹村位于海拔3000米左右的高原上，村庄里的石头房屋被几株盘虬卧龙的百年老树包围着，茂盛的枝条、一尘不染的树叶以及房屋前的围栏，在夕阳余晖的照耀下显得更加梦幻和广阔。看到如此美景，我被深深地吸引住了，不由自主地拿起胸前的照相机，按动快门，记录下当时的美景。

　　晚饭后我看见格勒拿着望远镜在院坝看月亮，他说他看见了月亮上面的环形山。第二天出发前，天还没亮，我又看见格勒用望远镜看月亮。他太喜欢这个望远镜了，一路上他都在用望远镜看月亮，直到月亮把天空让给了太阳。3个小时后我们到达了贡嘎寺，贡嘎寺是看贡嘎山最近的地方。这时格勒让我用望远镜看他用手指的位置，他告诉我那里就是1957年中国登山队的运动员们在骆驼背6600米处搭建的6号营地。当时的登山运动员就是从骆驼背的冰坡上登山的。说到这里格勒陷入了深深的回忆中：1957年，国家登山队突击贡嘎山以前，组织了3次实地锻炼和适应性行军，当时分别在海拔3700米、4700米、5400米、6600米都设立了高山营地。当年格勒和几位藏族伙伴把队伍所需物资从3700米的大本营，运到4700米的第二高山营地，再把这批物资背到5400米的高度。这段路途十分危险，有时要通过一边是雪檐、另一边是万丈绝壁的冰崖，有时又要通过隐藏着冰裂缝的冰瀑区，再加上积雪深及腰际，格勒一人背着40公斤重的食品和装备，行动十分困难，每前进一步，都隐藏着未知的危险。在5200米的高度曾有4名队员失足从百米高的冰坡上滚落，其中北京大学气象专业的助教丁行友被生生埋在了两米深的雪堆里。当格勒从雪堆里挖出丁行友时，丁行友已经没有呼吸。这次事故损失了一名登山队员，而且还在坠落过程中损失了部分装备和电影机。为了照顾受伤和患高山病的队员，格勒主动留下来在5400米的营地照顾他们。当到达6600米的6号营地时，整个登山团队已由最开始的17名队员锐减到了6名队员，队员们的主要食品已经全部吃光，只剩下20颗水果糖、少量花生米和人参。队长史占春下令，以后每吃一块水果糖都需要得到他的批准。

1957年6月12日，登山队冒着风雪又上升了100米，在6700米的高度建立了7号营地，再往上就是无法扎营的70度的冰坡，因此7号营地就是登山队最后的补给营地。就在那一天，格勒把伤病员们安全地撤到了大本营，在大本营得知，登山队将要在6月13日凌晨突击登顶，所有在大本营的队员们都彻夜未眠，等待着登山队登顶的好消息，格勒也在大本营为登顶队员们诵经祈福。那天晚上的天气很晴朗，月光下还可以清楚地看见骆驼背通往主峰的路线。凌晨两点，6名队员每人吃了一颗水果糖和一点儿人参后，便准备轻装登顶。11个小时后，1957年6月13日13时30分，中国国家登山队的6名登山队员，全部成功登上贡嘎山的顶峰。按照国际登山运动的惯例，他们在顶峰举行了登顶仪式，同时将由史占春、刘连满、刘大义、师秀、彭仲穆、国德存6人签名的证明记录埋放在山顶。从此，贡嘎山对中国人来讲，再也不是神秘而不可攀登的山峰了。

登顶队员们在山顶停留了45分钟，便开始下山。16时，登山队突然遭遇大暴风雪，瞬间雷电交加，近处的雷电掠过时，队员们都毛发竖立，随身带的金属器具咔咔作响，温度也骤降到零下20℃。由于队员们所处地段坚冰太厚，无法凿雪洞躲避，他们只能在原地停留躲避一小时，然而气温还在不断下降，为了避免冻死，只好冒着暴风雪下山。

队员们分为3人一组，史占春、刘连满、刘大义为一组，沿冰坡下滑

格勒的工具房

了100米，幸亏滚到悬崖边时队长史占春顺手死死地抓住一块裸露的岩石，挡住了正在滑坠的刘大义，结绳又托住了已滚下悬崖的刘连满，3人这才脱离了危险。史占春这一组刚离开滑坠区正在找路时，师秀、彭仲穆、国德存一组又速度极快地从冰坡上摔了下来，一瞬间，3人从岩石缺口处坠落下深达两千多米的悬崖绝壁。史占春3人眼睁睁地看到自己的队友滚落山崖，而无能为力。为了避免再次遭遇险情，剩余3人在岩石缝隙旁挖出了一个1米深的雪洞，3人在雪洞里躲避了10个小时，直到暴风雪停止之后才继续下山。在下山途中，他们在可以瞭望的崖石上到处观望，希望能找到师秀、彭仲穆、国德存的踪迹，但始终没有结果。史占春3人已经连续5天没吃什么东西，耗尽了全部体力的他们在距离4号营地十多米的位置躺在雪地里一步也不能动。过了很久，恢复了一点儿体力的刘大义艰难地爬进了帐篷，找到了一些饼干残渣。就是这些饼干渣，成了他们3人继续前进的最后力量。6月16日，他们在返回大本营的途中，遇见了格勒和接应他们的队友，最终获救。

很快，塔斯社、美联社、华新社等十多家国内外媒体对中国登山队成功登顶贡嘎山事件进行了详细报道，苏联登山运动协会也发来贺电。所有幸存队员返回大本营时，贡嘎寺的喇嘛们换上了节日的盛装，当地的藏族同胞们也纷纷带上哈达和酥油，庆祝登山队归来。

格勒回忆到这里，情绪激动，难以自抑，眼眶里含满了泪水。格勒和登山队员们在一起生活训练了近两个月的时间，彼此间也产生了浓厚的感情，他们的遇难也让格勒心里非常难受。登山队员中的国德存喜好喝酒，知道他爱好的格勒专门为他准备了好几斤的青稞酒，想等他们登顶归来作为庆功礼物送给他。然而谁也没想到，前几天还在一起说笑的伙伴，

1957 年 6 月 13 日，中国登山队首次登顶贡嘎山

就这样与格勒天人相隔，而国德存再也没能品尝到那地道醇香的高原青稞酒。格勒回忆起此事时，仍旧悲痛万分，不仅为失去队友感到难过，同时还对登山队的登山行为感到困惑不解："他们为何要如此大费周章耗费大量的人力和财力攀登一座山？而且在明知登山是一项这么危险的运动的状况下，还要坚持登顶，用自己的生命作为代价换取登顶的胜利？这件事的价值和意义到底是什么？"我安慰格勒，我非常敬佩那些登山队的运动员们，因为他们体现了一种国家精神。看格勒不太明白我说的话，于是我换了一种说法继续说道："这事关国家荣誉，当时苏联的一个登山队登上了一座七千五百多米的山峰，我们中国当然也不能落后。"说到这里，格勒好像听懂了似的点点头。

这次中华全国总工会组织登顶贡嘎山后，国家认真地总结了经验和教训，中华全国总工会体育运动部就提议登山运动的具体组织领导工作由国家体育委员会统一管理。在贺龙元帅的关心下，1958年4月8日，国家体委召开了有关部门相关负责人的会议，成立了中国登山协会和国家体育委员会登山运动处，史占春被任命为处长。中国登山协会和国家体育委员会登山运动处的成立，标志着中国现代登山运动进入了新的发展时期。至此后，国内外来贡嘎山登山、科考的团队日益活跃，而格勒作为登山团队出色的向导，也就再也没有离开过贡嘎山了。

我与格勒虽然每次相处时间不长，但彼此间从不说客套话，我们都把彼此放在心里最重的位置上，友谊就如高原独有的青稞酒，日久醇香，回味无穷。

藏袍上的冰花

　　1986年5月，因纪念红军长征50周年，我来到了泸定县，结果意外地闯进了海螺沟。当时的海螺沟还没有被开发，一切都很原始、神奇，没想到那次的无意闯入却改变了我的生活态度和对事物的认识。后来的一年中，我数次穿行在海螺沟内，虽然没有做出惊天地泣鬼神的壮举，但这条沟却让我难以忘怀。当时从来不写抒情文章的我，竟然在1987年写下了我的第一篇散文《海螺沟》，并发表在《西南军事文学》杂志上，泸定县的领导看见了这篇文章，邀请我参加1987年10月海螺沟的开营仪式。

　　在参加开营仪式之前，我特地邀请格勒来到海螺沟，想等到仪式结束后我们俩一起去登二层山，此山不仅距离贡嘎山最近，也是东面拍摄贡嘎山最好的位置。二层山海拔有五千多米，站在山顶看贡嘎山，前面经常会出现一片云海，云海后面贡嘎山的七八座山峰就一排排展现在眼前，十分壮观。听当地人介绍，爬二层山非常艰难，要从海拔两千多米的2号营地的温泉下方穿过冰川，沿着一片原始森林往上爬4个多小时，到达羌火棚，再经过一段流沙坡，继续向上爬6公里的岩壁，岩壁上几乎没有路，非常危险，一不小心就会摔下悬崖。除此以外，要想到达二层山五千多米的顶峰，中途还需要在岩石洞里过夜。据了解，当时除了极少数挖虫草的采药山民上去过外，还没有一位摄影爱好者成功登上过二层山。我虽然身体素质不错，但仍旧对这次登山感到担忧，不熟悉地形，没有山区野外生存经验，不了解山区气候变化，这些问题都让我心里打鼓，担心遇到意外。出于对格勒的信任，我力邀他跟我一起，有他在，我会安心很多。早上6点我和格勒就出发了，格勒带着一个铝锅、一把斧头、一床棉被、一床藏毯、一捆登山绳和一些食物，20公斤左右；我背着摄影包，包里装着两台美能达相机。格勒怕我登山不方便，还帮我把摄影用的三脚架也背在了自己身上。出发前，格勒跟我说："我们从海拔2000米的地方出发到5000米左右的山顶处，预计会花费12到13个小时。"出发后，我们一路上只吃了一点干粮和一瓶水果罐头，到下午5点时，我和格勒的体力已经消耗殆尽，饥肠辘辘。这时的海拔已经在4000米左右了，我的嘴唇有些发乌，出现了轻微的高原反应。格勒发现我们所在地的不远处有两块巨石，巨石间的岩缝中形成了一个天然的小山洞，山洞旁边还有刚化的雪水。格勒凭借多年的经验跟我说："这里离二层山山顶还需要走3个多小时，按照现在的速度，我们今天是没办法登上去的。而且，我看山间云层变化，推测今晚会遇上暴风雪，冒雪登山是很危险的，我们最好今天就在这里过夜。"我同意他的意见，就地宿营。很快我们钻进了岩缝中的山洞，这个山洞比我想象的要宽敞，大约有5平方米，格勒铺上藏毯让我休息，他便开始忙活起来。由于过夜生火用的柴火不够，格勒把他在路上捡到的干树枝放下后，转身又出山洞准备再拾些柴火，他用我送他的望远镜四处观望，突然发现远处有一株被雷击中的树，正好可以当作柴火生火。于是格勒便出发去那里砍柴，可谁知他一去，竟很长时间没有回来。这期间让我好生担忧：我想出去寻他，又怕对地形不熟悉，反而给他增加负担；不出去我又心慌得很，他出去了一个小时，我纠结了半个小时。好在，一个多小时后他背着一捆柴火回来，我一问才知道原来看起来距离我们只有500米的地方，却是在山崖的下方，加上山路行走不便，所以才花了比平时多好几倍的时间。那天我第

格勒的马帮

马帮宿营的山洞

一次看见用火镰生火。格勒生好了火，烧开了水，洞里瞬间暖和起来。格勒告诉我，这里海拔太高，气压太低，做饭不容易熟，所以他在昨天就先把米饭煮熟了带上来，此刻加上一些蔬菜、腊肉和土酸菜，就是一道美食了。也不知是不是当时太饿的原因，总感觉那道腊肉饭是我吃过的最美味的一顿饭，至今想起来都回味无穷。晚饭后，天色已晚，我望着外面的天空，月亮从雪山后缓缓升起，流云在夜空中飘荡，星星时隐时现，山下那片雪松林里，不时传来奇怪的风声，风中伴随着雪崩，使这片天地更显得恐怖和凄凉。突然间，月亮和星星都不见了，天空漆黑如墨，这是在城市里绝对看不见的黑色夜空，黑到心里没底。就在那天，我第一次在如此高的地方看脚下的雷电，那种让人战栗的恐怖之美，随着一道能撕开肺腑的霹雳经过脚下漆黑旷达的深谷，瞬间，整个海螺沟被惨白得发蓝的电光照得雪亮，又立马跌入黑暗之中，人在震颤中发呆，好一会儿才听到铺天盖地、万马奔腾般的轰鸣声。这时洞外开始飘雪，气温已经降到了零下十几度。由于准备的柴火充足，洞内的温度丝毫没有受到外面的影响，还是非常温暖。格勒一直坐在洞口，我让他坐进来离火堆近一点儿，他一直没有听我的劝告。我夜晚睡着后中途几次醒来，迷迷糊糊中透过火光还是看得到格勒坐在洞口的身影。

　　第二天天亮后，我发现风雪已经停了，背着摄影包钻出山洞，我惊喜地发现，远处的七八座雪峰，高傲地直插云霄，突然山尖开始慢慢地染上了一层粉红，犹如一个害羞少女脸上的红晕，紧接着颜色又开始变化，山尖被阳光镀上了一层金色，然后这层金色不断地往下，金色的阳光瞬间倾泻下来，把整片山峰全都染成金黄色。整个过程不过短短一分钟的时间，在这一分钟里，我一边嘴里不断赞叹着："太美了！"一边不忘拿起相机

冰花

激动地按动快门，记录下这瞬间的美景。半小时后，太阳已经照到了我的身上，这时我也完成了"日照金山"的拍摄，回头想去找找格勒，突然发现一朵冰花在晨光下显得十分耀眼，这是无数冰晶凝结而成的，它紧贴在格勒身披的藏袍上。这时我才恍然大悟，格勒昨晚是用自己的身体为我挡住了风雪，把温暖留给了我。我急忙冲到了他的背后，格勒看见我如此着急，不知道发生了什么，很快我从他的藏袍上取下了这朵冰花，寒气瞬间击中我的手心。

　　这件事已经过去了三十多年，当时的场景还历历在目，后来我问过自己，发现格勒藏袍上的冰花时为什么不拍一张照片？当时我急忙取下那朵冰花，是我最真实的反应，我们的友谊正是建立在这些朴质而又不起眼的小事上。那朵藏袍上的冰花虽然遗憾没能留下影像资料，但它却如同一个烙印，深深地印在了我的心里。我相信如果我和格勒同在一个战场上，那我们一定是愿意为对方挡子弹的好兄弟。

1987 年在格勒帮助下拍到的贡嘎山

银幕上的格勒

　　格勒是2006年5月去世的，距离他68岁生日只有7天。他过世的消息是我第二年去贡嘎山时从吉嘎老师口中得知，当时真的不敢相信。2003年是我最后一次见他，那时他身体还棒棒的，上马的动作比年轻人还轻松，那次去看他还专门给他买了一双43码的登山鞋。吉嘎老师告诉我，格勒去世的前两天，还问起了我，说我已经有两三年没有来贡嘎山了，是不是身体出了问题。吉嘎老师告诉格勒，林强老师来过两封信，说他最近几年除工作外，大部分的时间都用来帮助凉山布拖县的麻风村，那里比贡嘎山这边的生活条件还要差，他正在帮助那个村筹建一所小学，等学校建好之后，一定会来贡嘎山，他也很想念贡嘎山的朋友们。格勒点了点头说："只要身体好，我就可以放心了。"我问吉嘎老师："格勒是什么病，走得如此突然？"吉嘎老师说："大概是心脏病，格勒是睡着觉的时候走的。当地的老乡说，格勒的去世像活佛，几乎没有一点儿痛苦。"我问他格勒是否知道自己有心脏方面的疾病，吉嘎老师说："格勒从来没有去医院做过什么检查，生点小病都是自己扛着，过几天就好了。"其实我知道贡嘎山这里的医疗条件比较落后，乡里只有一个简单的卫生所，所里只有两名医生，几乎没有能够检查身体的医疗设备，只有一些治疗感冒、腹泻和外伤的药品。而这个卫生所又离格勒的住处有二十余公里，所以这里的村民只要一发大病，很难逃脱死亡。

　　格勒突然去世后，吉嘎老师马上通知他的女儿，女儿一家人从外乡赶回来，见了格勒最后一面。格勒34岁那年，他的爱人就去世了，具体死亡原因我们也不便打听，怕格勒难受。他的女儿成人后就嫁到了几十公里外的外乡，所以格勒三十几年来一直都是一个人，他住在新修的贡嘎寺里，我去过他的住处，房间布置十分简陋，几乎没有一点儿居家生活的气息，感觉这里仅仅是一个住所，能够安身而已。但他床头边的案板上，摆着许多冰川上的奇石，冰川奇石的形状、花纹和线条映着窗外斜射的光线，让我感觉这里就像是一个宝石的殿堂。

格勒送过我一块冰川石，在海拔4800米处的冰川上长期被融化的雪水不断冲刷，再经过日晒雨淋，在石头表面形成了美丽的线条和花纹。我拿着冰川石一个劲儿地说："太美了，这真是大自然的杰作。"这块冰川石直到现在我还一直保留着。

新贡嘎寺的僧侣们都对格勒很尊敬，因为三十多年来只要有格勒住在寺院，寺院内外就见不到垃圾。格勒在寺里一直充当着义务卫生员，他是受了1957年中国登山队的影响，那些登山队员在适应性训练中，每个人都负重几十公斤，但离开营地的时候，他们都会把用过的罐头盒、饼干袋、食物垃圾背回山下，合理处理掉。所以他在给其他登山团队、摄影家等当向导时，他宁愿自己少拿报酬，也一定要动员登山的人员把垃圾自己背下山。有一次有几位摄影爱好者把好几公斤的垃圾留在了冰川上，格勒知道后，专程回到冰川上把垃圾装到牛皮袋里扛回家。后来这群摄影爱好者知道此事，也认识到了自己的错误，同时对格勒的行为很触动，于是找到格勒准备给他200元钱，但格勒没有接受。

格勒去世后，贡嘎寺的住持和周边几个村的村民大概四五百人为他送行。大家都知道格勒喜欢贡嘎山，一辈子都围着贡嘎山转，他围绕贡嘎山走的路程，足以环绕地球几圈了。大家把他的坟墓安放在能够面对贡嘎山的地方，让他能和贡嘎山对话，能看到贡嘎山的壮美。

吉嘎老师把格勒的遗物——我送他的望远镜交给了我，三十多年后，我再一次触摸着这个有温度的望远镜，思绪万千。那一刻我产生了一个念头：要把格勒的故事讲出来，让更多人知道贡嘎山下有一个一辈子做好一件事情的好人。

2008年我开始以格勒为原型，编创《贡嘎日噢》电影文学剧本。我与多年的摄影朋友多吉彭措合作，由他担任本片的导演，开始了我们的电影之旅。我们俩20世纪70年代都当过兵，都有一种军人的冲劲，80年代都喜爱摄影，三十多年来，我们为了摄影数百次进入藏区，对藏区文化和当地藏族同胞有着深厚的感情，特别是对贡嘎山更有着特殊的情感，想把贡嘎山的真实故事讲述给那些热爱大自然的朋友们。但我们从来没有接触过电影，只怀着一种对贡嘎山的热情。当初电影圈的人都不看好我们，认为我们没有经验，也没有充足的资金，还要在海拔4000米的高原上拍摄文艺故事片，纯粹是一种理想主义，大脑发热的行为。没想到经过我们多方筹集，电影居然被拍出来了。在拍摄过程中为了尽可能地节约成本，一个剧组几十人一起挤在一个朋友家的藏房里，吃住都在一起，就这样这部高原生态电影整个拍摄只花了270万。2016年在美国第十三届民族电影节上《贡嘎日噢》荣获优秀故事片奖和最佳男演员奖，颁奖时多吉彭措和扮演土登（原型格勒）的演员洛桑群培去领奖。电影组委会给予这部影片高度评价。作为这部影片的总策划、编剧、制片人，我那晚接到了多吉彭措从美国打过来的电话，兴奋得一夜没睡着，我的脑海里老是回想起影片中土登的那段台词："山的那边是汉族人和彝族人住，这边是我们藏族人住，贡嘎山是大家的。"这句话道出了影片的核心内涵，传递着藏、彝、汉民族和谐相处，民族团结进步的力量。

很快《国防时报》以报告文学的形式报道了"军转干部林强用电影架起了汉、藏交流交融的桥梁"，后来这部影片在康定市"康巴艺术节"上举行了首映仪式和影片研讨会，有不少我认识或不认识的藏族同胞都拉着我的手说："这部影片实在是太真实了，太感人了！"在影片研讨会上，《贡嘎日噢》得到了中国电影家协会副主席尹力和上海电影制片厂厂长任仲伦的高度赞扬，我和任仲伦厂长还交上了朋友，后来我们在上海见面时他对我说："林强啊，你的胆子可真大，你从没有拍过电影，花这么少的钱，能把电影拍摄完成还能获奖，我们都很佩服你。"我说："我不是电影圈的人，所以干起来就没有那么多顾虑和条条框框。"

后来我觉得写剧本拍电影是一回事，上院线发行电影又是另一回事。北京的内行人员告诉我，这个影片要上院线必须要加大宣传力度，还需要投资三四百万的宣传资金。因为我不想在这方面花大力气，也没有那么多资金投资，所以这部影片只召开了一场首映仪式，目前只能在网上看到片花。庆幸的是我把格勒的故事搬上了银幕，我相信若干年后，人们还会记得这样一个一辈子只做一件事情的好人。

自称"山里人"的孙前

孙前自称"山里人",其实他生在城市,长在城市,工作在城市,生活在城市。但当你了解他以后就会感到这一称呼对他来说是名副其实的。他在泸定任县委书记那两年,山民们认识了他;他离开此县后,老乡们记住了他;三十多年后,当地人们忘不了他。他在雅安任副市长期间开发碧峰峡,建设大熊猫基地,宣传蒙顶山,打造世界茶文化圣山,离开雅安后他的故事被当地人们传颂。他退休后用8年的时间出版了一本30万字的《大熊猫文化笔记》,被翻译成中、法、英文,在全世界发行。作为他的朋友,我为他感到高兴和骄傲。我曾问他"你是在哪里取得的真经",他却说"是几十年来从山里收获的"。这山就是我们共同走过40年的贡嘎山。

初识孙前

1986年5月,因纪念红军长征50周年,我来到了泸定县,认识了四川省委办公厅办公室主任孙前,当时他下派到泸定县任县委副书记。自我介绍的时候,孙前自称是"山里人",但模样看起来一点儿都不像,他很年轻,个子不高,人很瘦,白面书生的脸上戴着一副眼镜,但很能走山路,后来我才知道他出生在洛阳,长在重庆的万县,从小练就了爬山的本领。他看我身上挂了两台照相机,马上就向我推荐了海螺沟,说那里很漂亮,是摄影家的天堂。他的话勾起了我的兴趣,我跟他说:"我的一位登山的朋友曾去过燕子沟,说里面很美,那里能看见贡嘎山,遗憾的是,进沟口的很多树被砍伐,他很痛心。"孙前说:"泸定是一个穷县,县财政70%的收入都来源于伐木,燕子沟和磨子沟的森林资源十分丰富,前几年,为

1985 年 11 月，孙前（前排左一）和工作人员在泸定县岚安乡

1986 年 5 月在二郎山（站立左四为孙前）

了不拖欠机关干部和教师的工资，只能通过砍树来维持县里的资金周转，因此这片森林都遭到了破坏。"我明白，孙前到泸定任职后开发海螺沟旅游，就是想通过旅游来保护这片马上就要被砍伐的森林。

我听从了孙前的建议，一大早，带着摄影器材，搭上从泸定开往磨西唯一的一班公共汽车，车里人挤得满满的，有不少人站着，虽然我坐着，但腿都伸不直。经过4个多小时的山路颠簸，汽车终于到达磨西镇小院。车停稳后，抬起头，眼前竟然耸立着一座地地道道的天主教教堂，教堂有点老了，但并不残败，很随和地嵌在木架黑瓦的川西民居中间。教堂有3层楼高，顶上钟楼是空的，它是镇上最高的房子。小镇只有一条街，宽不过3米，大理石铺的路，被磨得光溜溜的。沿街大部分门面都开着，烧着热水的剃头匠、摊放着晒干的稀奇古怪死虫毒蛇的草药铺和各式各样的手艺人，都是山里需要的行当。中央大街不过300米长，仔仔细细地逛，十分钟就逛完了。门前坐着的老婆婆，头上缠着黑布包头眯着眼惬意地晒着太阳。古镇让来访者松弛，进入暖洋洋的山居岁月，好似走进了历史。

教堂厢房前有一块小石碑，上面写着毛主席曾在这里住过。攻打泸定桥的前夜，红军一路斩关夺隘来到此地，磨西成了红军搏杀泸定桥的突击营地。现在想想都后怕，如果红军夺不下泸定桥，就将被围困在贡嘎山与大渡河之间狭长的陡坡上，前行无路，后有追兵，搞不好也会遭到石达开当年全军覆没的惨败。我坐在教堂清净的石阶上，当年毛主席和朱德想必也是这样坐在这里，等待着52公里之外攻打泸定桥的消息。那一刻他们不会有我这样的思古幽情，那是决死的一搏。历史选择了勇敢与智慧，他们成功了。

这次我是一个人去，也没有准备，只是在海螺沟前的共和四组住了一夜，当地老乡告诉我，去年12月县里的孙前书记来过，他走起路来一瘸一拐的。其实，那是因为去海螺沟考察时，他两腿肌肉乳酸水平还没有恢复正常。他来此之前两天才徒步到了岚安乡，岚安乡在泸定县大渡河对岸的陡壁上，他一大早就出发，经过4个半小时崎岖的山路才到达乡里，乡里的干部都很惊讶，才上任的他怎么会徒步走上来？他进村后就马上到贫困户家中走访，了解乡村的情况，做了大量的笔记。第二天下山，因为是陡坡，几乎是小跑下来的，回到县城后两腿都迈不开了。这是他到泸定任职后给自己定的一个计划——要一个月内把县里的12个乡镇走遍。我从磨西镇回来之后知道了他的故事，曾经问过他："你是省城的正处级干部，下派到基层为什么要在这么短的时间内把12个乡镇走完？"他说："我在这里任职的两年时间很短，如果我不徒步去岚安乡，怎么会体会到山上的乡亲们有多难，怎么能做好父母官？"正是那段时间，有一部电视剧《新星》深受老百姓的喜爱，著名演员周里京扮演一位从省城下派到县里做副书记兼县长的好干部，现在50岁左右的中国人没有不知道《新星》的，电视剧引起的轰动不亚于刘翔夺冠、杨利伟冲出地球，当时还有不少观众给周里京写信，有的要请他当县委书记，有的是向他诉冤情，电视剧还被当作党的教材，教育党员干部怎么去当好官、当清官。而泸定县的人们把孙前当成了电视里的周里京。

那次去海螺沟考察时，孙前想当天就进入海螺沟，在森林中过夜，第二天再进入海螺沟里的冰川。当走到沟口最前端叫关门石的地方时，在场的人和老乡们都告诉他这是冬天，里面也没有路，这个季节狩猎和采药的人都不会进去，因为很危险。在老乡们的劝阻下，孙前只好说明年找机会一定来。

1986 年 10 月，时任泸定县委副书记的孙前在海螺沟冰川考察

20 世纪 80 年代的磨西乡

我回到泸定后，孙前征求我的意见，询问我对开发海螺沟景区的想法。我便说了去磨西镇的感受，那里是一块净土，太有旅游开发的潜力了，我还将村民介绍的海螺沟可以观看原始森林、雪山、冰川等奇观美景的消息告诉了孙前。这更加坚定了孙前开发海螺沟的决心，他告诉我，县委已决定于当年9月组织专人对海螺沟的旅游价值进行考察，他希望我也能参加。我们在泸定的任务已经完成，孙前把我们一行人送到了二郎山顶，秘书出身的孙前，考虑得很细，还亲自在一张白纸上写了"二郎山"三个字贴在山顶的路牌上供我们拍照留念。那天天气真好，远处的贡嘎群峰正在召唤着我们。就是那一次去泸定，我与孙前交上了朋友。三十多年后，孙前成了海螺沟开发的奠基人，我也成为海螺沟的宣传大使。

决定性的会议

1986年10月，孙前率海螺沟考察团回到泸定的第二天上午，全体考察人员在县委开了一天的会，参加会议的成员有很多，把县委最大的会议室坐得满满当当。海螺沟的命运几乎就是泸定县的命运，这将决定海螺沟的未来，因此，会议讨论得很激烈。一个贫困县，当时要拿几十万甚至上百万来开发旅游是一件大事。在20世纪80年代提出开发海螺沟这样的旅游区是要有胆识的，整个国家刚刚从束缚中松绑，几乎没有人懂得什么是"探险旅游"，海螺沟冰川历来只有登山队或冰川学者对它感兴趣，开发这样的地方，与中国所有的旅游风景区截然不同。力促开发的带头人是县委的孙前副书记，为了这次考察，一个月前他就做了精心的安排，不仅请了科学家和记者，还专门安排了热爱美术书法的武装部政委赵宏和县委党校的副校长邓明前在考察中做记录和拍照，对县里的考察人员都做了分工。考察人员回来的当晚他就汇集、整理资料，那一夜他几乎没有睡，也许是几天来的兴奋，也可能是他根本就睡不着，他已经把自己和那条拥有冰川森林的峡谷的前途绑在了一起。

在会上，人民美术出版社的章东磐编辑首先发言，海螺沟的冰川、森林与河流，这些人迹罕至的地方让她美得壮丽、美得一尘不染，那里没有污染、没有犯罪，磨西山民至善至美的品格让人感动。章东磐眼含泪水地向大家报告，他去过"活神仙"毛光荣的家，家里只有两只鸡，还杀给了考察队员吃，而像毛光荣这样的家境，居然还是中等水平。

中科院成都分院的专家说，海螺沟是旅游的聚宝盆，磨西镇到冰川前沿35公里这段路，经历了4个气候带，在磨西镇能看到亚热带的棕榈树，进沟几公里后就可以看到满山的阔叶林，再往前走经过80℃的温泉和干海子后，就进入大面积的针叶林的原始森林，最后就到了冰川的前端，冰川前端的出水城门洞海拔只有2800米，是世界上海拔最低的冰川之一。冰川尽头有世界第一大冰瀑布，高1080米，宽1100米，比美国的尼亚加拉大瀑布高20倍，四季冰崩不断、响声震天，是探险旅游的好地方。

讨论中也有人提反对意见，说泸定县是个穷县，开发旅游要保护森林，砍不了树，县里的财政缺口怎么解决？开发旅游又要花财政的钱，这样下去，县里的机关干部和老师都没法按时拿到薪资；而我们来回走了七天七夜，才来到冰川，远处看冰川就如一条烂河坝一样，要让城里人花钱来这样的地方旅游，不太现实，至少为时尚早。整个会议正方反方争论不休，大家都吵得面红耳赤，公说公有理，婆说婆有理。

1987 年与孙前（左）在海螺沟温泉边

会议一直开到下午，最后孙前发言了，他讲了一个多小时，他从磨西镇和海螺沟最大的困难讲起。他说，一年前，他来过磨西镇，那里的交通、通信都不方便，老乡向他反映，人生病了都得不到医疗救助。磨西镇的共和四组距镇12.5公里，途中全是弯坡悬崖路。前几年，有位妇女晚上突发疾病，天下着雨，人根本就出不去，等到早上人就去世了，一条年轻的生命因为道路原因就这样逝去了，留下3个没妈的孩子。他还讲到他去过的共和小学，教室里的课桌和板凳都是石头搭起的，学生的书包也是用土布缝制的，冬天天气太冷，学校的窗户玻璃碎了都没有钱修补，每个学生上学的时候都提着一个烘笼。他讲到这个地方的时候，全场安静，只能听到叹息声。孙前讲的这些都是事实，1986年5月我在海螺沟共和四组的时候也有同样的感受，那天我看到一位母亲抱着一个发高烧的孩子，一看就是呼吸系统的疾症，孩子高烧至39.8℃，我给孩子吃了随身带的抗生素和退烧药，第二天早上，孩子已经满地乱跑，那位母亲以为我是神医，其实孩子吃的是城市里的常用药，当四环素药在城市孩子身上成为危害时，山里人甚至还没有见过抗生素。

　　孙前毕竟曾做过省委领导的秘书，又在省委办公厅任过职，站得高、见识广，他把开发旅游和当地老百姓的致富联系在一起。会上的人一边听着他的讲述，一边用赞许的目光看着他并不时地点着头。他说这里有被称为全世界植被城市之冠的原始森林区，还有天然的植物、药材，沟内有多处温泉，最高的温度可达到92℃，并且可以看到大量的珍稀动物。磨西镇是世界上的长寿之乡，因为这里具备良好的气候、清新的空气和洁净的矿泉水，以及丰富的资源和无污染的食品。有一位老乡告诉我，还记得孙前书记考察海螺沟归来时，在磨西说的那段话："海螺沟震撼心灵的壮美应

1987 年的海螺沟冰川

1987 年 10 月，海螺沟冰川公园开营仪式

该让世界更多的人分享，善良的海螺沟人民有权因这片土地获得富裕的生活。"就在这次会议上，孙前提议为开发海螺沟专门成立旅游局，首任局长由武装部的政委赵宏兼任，邓明前担任专职的常务副局长，海螺沟的开发就这样拉开了序幕。

1987年为了开发海螺沟，我曾多次来过泸定，与孙前一起徒步翻越唐蕃古道雅家埂，后来雅家埂就成了现在贡嘎山海螺沟景区的红石公园，如今有多少人在那里拍照留念，30年前那里根本就没有路。为了拍到贡嘎山与群峰的全景，我在海螺沟开营前，登上了海拔5400米的二层山，上山的路一直都是羊肠小道，中途要在海拔4000米的羌活棚的崖洞里过夜。那个时候好胜、年轻、胆子大，让山民给我画了一张草图就出发，天还没亮就独自登上了九斗崖，站在二层山顶上正好是上午9点，就是那一次我拍下了第一张从东坡看贡嘎群峰的照片。回来后，我把这张照片放大送给了孙前，没想到，半年后，孙前也登上了二层山，这个县委的领导就是用无声的行动，为旅游开发者做出了表率。

1987年10月15日，海螺沟冰川公园举行了开营仪式，四川省第一任旅游局局长李止舟、时任局长李砚田、中国科学院成都分院党委书记侯慧仁参加了庆典。一年前，孙前率领考察队员在森林中用树干搭桥，露宿野外，口渴了就喝山泉水，这些如今都成了历史。开营后的海螺沟已建成一、二、三号营地，有350多张床位，5个小型的水电站，35公里的可供徒步和骑马的路遍布森林中，沿途不仅有休息厅，还有生态厕所，完成这样的配备仅仅用了一年的时间。当我走在那条幽静的山道上、在温泉游泳池里与大自然融为一体、站在冰川上感受到壮美的冰川在森林之下的奇观时，我又回想到了一年前的那次决定性会议。

孙前制作的环联寿宝。20 年后，在广安邻水一位老师家中仍能看到

从国企老总到副市长

孙前1987年回到省委办公厅,还不到40岁就出任了省委办公厅副主任,当时算得上是四川省最年轻的副厅级干部。1992年他又被选派到省政府企业去任董事长和党组书记,官至正厅级。按理说,他的前途应该有很大的发展空间,但他这个人偏偏喜欢山,爱做一些常人看不上的小事。到公司不久,他就又去了一趟贡嘎山考察。他利用贡嘎山一带的药木材,为老师们办了一件不起眼的实事——在请教了山里的好几位老中医之后,用山里的药木制作成了小木珠,然后再把一个一个小木珠连成串,作为很实用的健身器材,取名"环联寿宝"。在1993年,全省第八个教师节前,孙前向全省的教师捐赠了"环联寿宝"。事过20年,我在广安邻水县一位老师家里的墙上,还见到了"环联寿宝"。"环联寿宝"已经被使用得光滑锃亮。主人说,"环联寿宝"治好了他的肩周炎。如今,他的儿子、儿媳都在使用。我没想到,孙前做的一件小事,会让老师们这样喜欢,给他们带来这样的好处。

1998年,孙前从企业回到了省委。不久,就被安排到四川省雅安市任副市长。这次任职,让他能够更加接近山。为了打通贡嘎山与外界的通道,2001年我随同他参加了对田湾河与贡嘎山的考察。那个时候,田湾河与贡嘎寺之间根本没有路,中途要在山野中露宿两夜。

田湾河深处有两个海子:一个是"人中海",另一个是"巴王海"。"人中海"周边被树林包围,与雪山相映。这里是牛羚和野猪的领地,每

巴王海

到繁殖季节，几十头牛羚汇集河在坝上的盐卤地，自由地分享爱的欢悦，承担着种群的繁衍重任……"巴王海"是个枯木的海子，海心流淌捋妥泉，河床被淤泥淤塞，形成色彩斑斓的细沙床，这里好似远古神话东巴经的诗篇，至今还保留着许多神奇自然现象："湖中长树""树会走路"以及"石头说话"……

最让人兴奋的是走自搭桥过河，那一座座木桥，独木V字桥，让你领略人类智慧的手笔，惊恐之余使你感受到的是那超然的兴奋和愉悦。那层层叠叠的大河滩中的奇石五彩斑斓，就如一幅精美绝伦的油画。长着双头奇棕的川式古寨，道教、喇嘛教和佛教并存的新庙宇，汩汩流淌的神药泉，岁月的水麻木了磨坊中不停转动的大木轮，喇嘛崖玄秘莫测的古经壁，已经枯竭的古金矿，都在诉说着昔日田湾河的文化。

田湾河是"蜀山之王"贡嘎山的共生河，它经历了大自然八百多万年的造化和久远的历史，它一头拴着现实，另一头系着神话，让许许多多的科学家、探险家和文化人魂牵梦萦、流连忘返。

这样美的地方，据说马上就要开发水电站，难免要对这里面生态造成破坏，这时我才明白这次考察的意义。考察完后，孙前给省里和国家提出了开发水电站工程要与保护生态共存的建议。随后四川川投集团在田湾河建起了梯级中型水电站的同时，也注意保护当地生态，让生态和水电开发和谐发展。如今，我们不仅能够享受到水电站给我们带来的便利，也能够感受到田湾河美丽的自然风景。

就是在那次贡嘎寺露宿的漫天星空下，孙前告诉我，宝兴县邓池沟有一个天主教教堂，那里也是大熊猫的发现地。随后，我多次去了邓池沟教堂，拍了许多照片。那座天主教教堂是一座中西合璧的全木结构建筑。它建在森林中间，很幽静，很少有人来。据说1869年，法国戴维神父在这里发现了大熊猫，并把它推向了世界。我没想到：事过一百多年后，在孙前的努力下，中国大熊猫保护研究中心落地雅安。

2001年，成都到雅安的高速公路正式通车。千禧年，刚开业的碧峰峡野生动物园火爆了起来。从雅安到碧峰峡的16公里路上，全部被大小汽车堵得水泄不通，交警忙得团团转，这些人都是来野生动物园观光的。孙前到了现场，发现碧峰峡野生动物园规划意识超前，设计大气精细，管理完善，出乎他的意料。动物园内，数百种动物与人和谐相处，这是从来未见过的。遗憾的是，景区动物中，没有大熊猫。宝兴县是最早发现大熊猫的地方，已经给国内外贡献了一百多只大熊猫。1982年亚运会的吉祥物盼盼，就是宝兴的熊猫……

如果要发展旅游，就更要打造好熊猫这个品牌。就在那次，孙前提出了怎样"让熊猫回家"的设想。三年多来，他不知熬了多少夜，收集整理了几十万字的资料，来回穿梭于成都、北京之间，有好几次因天气原因，飞机延误，他都是在机场过夜。他执着的精神感动了专家和领导，2003年9月17日，中国大熊猫保护研究中心在雅安碧峰峡落成了。碧峰峡大熊猫基地正式开园不到4年，已有二十多只熊猫入园。2007年8月13日，实现了首只熊猫产仔，并且是一对"双胞胎女儿"。半年后，孙前把他抱着"双胞胎女儿"的照片送给了我。这张照片让我好生羡慕，更让我佩服他的执着精神。

2008年，汶川地震。震中与卧龙大熊猫自然保护区的直线距离只有10公里，多处山体崩塌，形成了堰塞湖。作为熊猫食物来源的竹子，受到了极大的破坏。国家林业局决定，对卧龙熊猫进行转移，碧峰峡承接了

孙前抱着熊猫"双胞胎女儿"

熊猫分流的主要任务。几十只大熊猫迁移到了碧峰峡，其中还有怀孕的熊猫。从7月6日到10月25日，迁移后的熊猫在碧峰峡接二连三地生下了9胎14只宝宝，其中有10只是双胞胎。2008年，碧峰峡向全球展示了100天的双胞胎"平平"和"安安"，同年的12月23日上午，在碧峰峡出生的"团团""圆圆"，从成都双流机场飞往台湾。在电视机前看见这则消息的时候，我想起了孙前。

退休后的孙前

孙前2006年回到四川省旅游局任巡视员，并在省政协人资环委员会做副主任。那段时间，我也在省政协教育委员会做兼职副主任，因此，我们会经常见面。2013年7月1日，突然收到他寄来的一封信，其实他工作的省旅游局离我的办公地点不到3公里。我觉得这封信有点怪，急忙拆开。信中写道："今天我清退办公室，正式退休，工龄47年，时任65岁。此生足矣。今后着力写茶文化和海螺沟的书。期待相聚。"我读着信，捧着他寄来的著名登山家王静女士的书，思绪万千。时间真快，过去我们一起行走的画面就在眼前。

我还记得2001年4月15日，孙前邀我去蒙顶山拍摄茶艺。他是想通过我的摄影，把茶艺传向世界。蒙顶山有龙形十八式图像，是北宋高僧禅惠大师在蒙顶山结庐清修时所创，流传至清末，便逐渐失传。它融合了传统的茶道、武术、武道、禅学和易理。每一式，均模仿龙的动作，充满了妙机和妙理。当我从第一式的"蛟龙出海"拍到十八式的"龙行天下"时，已用去了十余个胶卷。就是那一次的拍摄，让蒙顶山的龙行十八式图像得到了生动的传播。如今，有很多茶艺表演中，都少不了这里面的精彩场面。

2018年我突然在一份茶文化的杂志上看到了孙前的文章，他什么时候又开始研究起了下午茶？他的文章标题是：下午茶是英国公爵家族同中国文化的情缘。我读了全文后，才知道，他是把雅安茶马古道的砖茶与蒙顶山的贡茶结合起来，与国外喝下午茶的文化对比，来谈中国茶的文化。退休后的他，为了传播中国茶文化，自费去欧洲，与英国的茶友交朋友，才写出了异国对中国茶文化认识的文章。他挖掘了英国公爵夫人和女王喝中国红茶的故事。他告诉我们，90岁的伊丽莎白二世的长寿秘密，与她坚持每天下午4点喝中国红茶的习惯有关。

2020年，因新冠肺炎疫情，我们已有大半年未见面了，只能从微信里了解他的情况。前不久，我去了他的家，看见家里客厅、书房和地下室全摆满了书，许多书都用书签做了标记，看得出来，疫情期间，他读了不少书。他正在写一本关于茶文化的书，为了写这本书，他找了不少资料，经常熬到深夜。他比年轻人还忙，我也不想耽误他宝贵的时间，便向他告别。出门前，他送给我一盒茶。他知道我不缺茶，但这茶很特别，来自贡嘎山。这盒茶也象征着我们的友谊，因为这座山让我们相识，让我们走到了现在。

贡嘎山是范医生的大药房

　　范医生是一名普通的赤脚医生，没有上过医学院，没有受过专业的医学教育，但他却凭着一手祖传的好手艺、一颗治病救人的仁者之心，成了磨西镇的"守护神"。有人曾称他是"贡嘎山神"派下来的使者，守护这一方百姓的生命健康。我第一次与他相识，也是因为他的神奇医术和菩萨心肠。

随队医生范述方

　　范医生不是磨西人，但磨西人都认得他。他的家在大渡河边的德威乡，离磨西镇还有20公里，是到磨西的必经之路。

　　1986年5月我还在部队，因纪念红军长征50周年，我作为联络员随全军的8支专业篮球队重走长征路。篮球队从成都出发，经雅安、汉源、石棉、泸定，最后到达康定。篮球队员路上一边向群众表演球技，一边接受红色教育。那个时候县里没有体育馆，比赛都是在灯光球场举行，在正式比赛开始前，一般都要举行一个隆重的仪式，还有县里的主要领导致辞，球队代表也要送上纪念品。为了观看这些专业球队的精彩比赛，不少乡亲下午就自带板凳到球场占位置，还没开始比赛，球场内外就已经人山人海，几乎全县的人都来了这里，阵势不亚于现在著名歌手的演唱会。比赛进行时，球场里叫好声和惋惜声此起彼伏，大家的心情都随着比赛忽上忽下。比赛的那两天，县里的老百姓闲暇之余都在谈论球赛的精彩瞬间。

　　在石棉县的一场球赛中，广州部队女篮的一位主力队员在比赛中因对手犯规导致脚踝扭伤，受伤部位当场就红肿起来。因为她的受伤，本来领先的比分到比赛终结时被对方反超3分。队员和教练都很惋惜，最着急的还是那位队医，因为3天后这支女队还要在泸定县再次和对手交锋。

作为这次活动的联络员，我不自觉地担心那位受伤队员的伤情，加上自己是运动员出身，以前也经常在训练中受伤，所以当我看见受伤队员踝关节红肿程度，凭经验推断，这位运动员完全康复至少需要一周时间，这就意味着后面几场球赛她都不能上场。看到运动员因为伤痛和不能继续比赛难过的样子，我也感同身受，我知道作为一名运动员不能上场比赛为球队争光是多么痛苦的一件事，我决定要想办法帮助她尽快回到比赛场中。

当地的好心人给我推荐了德威联合诊所的范述方医生，说他是神医，对治疗跌打扭伤很有一套，那些在山上采药和挖虫草的老乡一旦腿脚扭伤就去找他，经他医治，两三天后就能行动自如了。第二天，我没有跟随大部队出发，一大早就来到了大渡河边的德威联合诊所，想找那位传说中的范医生。

初见范医生，怎么看他都不像一个大夫。他长着一张憨厚实在的脸，背着一个破旧的红十字药箱，穿着蓝布褂子和解放鞋，头上还冒着汗，显然，他刚出诊完赶回诊所。我向他讲明来意，邀请他与我们一同到泸定去给队员治疗伤病，没想到他爽快地答应了，并立马给诊所的同事打了招呼，就跟着我出门了。上车前他把一大包药粉和几个瓶子装进那个红十字箱里对我说："你不要小看这些土药粉，它专治扭伤，在受伤部位敷上药，休息两天后就可以恢复原样。"我问范医生这药怎么这么管用，两三天就能治疗好扭伤。范医生得意地介绍起来，这药的配方是他曾祖父传下来的，里面有麝香、红花、樟脑、丁香、川芎、冰片等十几种成分，原材料都是他从贡嘎山间采集的，再通过手工磨成粉，治疗扭伤有神奇效果。

20 世纪 70 年代，范医生和他的妻子

听完范医生的介绍，再看他那一脸自信的样子，我顿时觉得那位扭伤的运动员还真有希望在3天后重新活跃在球场上。

中午时刻，范医生给那位受伤的运动员敷上了自制的药，药粉加野蜂蜜和医生自己带去的药酒搅拌而成。包扎后，范医生还给那位运动员受伤的脚做了半小时的按摩。第二天果真见效，女运动员脚消肿了，上下楼梯也较为自然，几乎看不出前两天脚受过伤。范医生说今天再敷一次，明天晚上就可以上场比赛了。全队都为女运动员的恢复而感到高兴。就在这个时候，那位随队医生把我拉到一边表达了对我的感谢，同时他想通过我买下范医生的那包药粉。治疗结束后，范医生不仅一分钱不收，还把余下的药粉和药酒送给了那位军医。

为了防止后面两场球赛运动员再次受伤，经过我的挽留，范医生免费为球队做了五天的随队医生。最后的几场比赛条件比较艰苦，都是在康定，那里的海拔要比泸定高1000米，我怕队员们会有高原反应。范医生抽空回了一趟诊所，扛了一大包红景天和俄色花，这些草药对防止高原反应很有效果。运动员到康定以后都很兴奋，因为他们到了《康定情歌》的故乡，跑马溜溜的城。午饭后，范医生让每个运动员喝了他熬的草药汤再休息，一百多位运动员没有一位发生高原反应，后面的球赛也没有发生运动员受伤的情况。虽然只有几天的时间，全体运动员几乎都认识了这位编外的范医生。离别时，全队安排我专程护送范医生回家，还给范医生赠送了一面锦旗，锦旗上写着：华佗神医范述方。

人一生的缘分总是很奇妙，还不到一年时间，我又见到了范述方医生，那次是参加泸定政府组织的海螺沟旅游考察队。泸定县政府邀请了省旅游局的领导、中科院成都分院的地理学冰川植物专家，还有摄影家和新闻媒体记者。范医生是这次考察队的随队医生，负责全体队员的身体健康。范医生还是背着那个破旧的红十字药箱，走在队伍的最后面，因为一年前那段经历，我借故看过他的药箱，里面只有乡下人吃的几种普通药，还有一些碘酒和紫药水。

一路上范医生没有什么话，默默地走着，脸上总是挂着微笑，偶尔他也会离开一下，从草丛和灌木丛中采集几株特别的植物，放在他随身的布袋子里。等到了宿营地后，他就会把袋子里的草根和树叶都拣出几样煮水，要求大家喝，那水不难喝，有股淡淡的草香味。范医生说，都是城里人，风餐露宿，海拔又高，不能生病。临上冰川的前夜，考察队员多少有些紧张，范医生又换了几种草，熬了浓浓的一锅汤，让大家喝，然后每人发了几片维生素C，看着每个人吃掉后，他庄严地宣布：大家不会出现高原反应，不会头痛。

第二天全体考察人员徒步上下冰川，从海拔2750米上到3800米，真的没有一个人头痛，没有一个人走不动。那次是我第一次在冰川上行走这么久的时间，感觉很轻松。后来几年我带过许多朋友来这条冰川，每一次同行的伙伴中总有生病的、头痛的，甚至还有一直被扶着下撤的。我这才回想起范医生那简单的每日一锅汤里，总有不动声色的过人之处。

山上没有范医生不认识的植物，他没有读过医学院，他的老师就是他的父亲，父亲的老师是爷爷，他们祖孙三人的课堂就是贡嘎山，他走遍了海螺沟、燕子沟、磨子沟一千多平方公里的高山与峡谷，从海拔几百米的河谷到4800米不再长草的地方，这个范围里两千七百多种植物就是他的大药房。他不用那些名贵的药，例如冬虫夏草，他认为那些是贵而稀少的补品，平常吃可以，关键时抵不了事。何况山里人穷，挖到了也舍不得吃，

范医生能在贡嘎山间找到许多药材

要留着换钱。他治病用的就是一些连药材商都不收购的叫不上来名的草药。碰到家境困难的人家，这位不富裕的乡下医生是不收诊费的。

草灵芝，一种比火柴梗粗一点儿的鞭状小草，范医生用它配上生长在海拔3500米的俄色花作为治疗高血压的药。泸定县里得了高血压或者别的病的人都找他看病，不少人吃了他的药都很见效。渐渐地，一传十，十传百，范医生在当地就成了名医。他把看病的病例写成了笔记，我想帮范医生的忙，还约了报社的朋友给他写文章，但报社的领导认为他是乡村的赤脚医生，没有典型报道的意义，稿子就没被采用。

当时省委办公厅下挂泸定县锻炼的孙前副书记，设想利用贡嘎山的药材资源为范医生开办一家收费廉价的医院和疗养胜地，同时也让当地的药农们致富。知道这个信息后我和范医生都很高兴，规划了美好的未来，我们相信在这天堂般的山里，贡嘎山的珍贵药材库能让很多患者在海螺沟得到康复，能让磨西镇真正地成为举世瞩目的长寿之乡。遗憾的是，一年后孙前书记回省城去了，这个设想至今没能实现。庆幸的是，范医生凭着自己60年的医德和声望，近年在德威乡（今德威镇）的冷碛镇开了一家中善堂，每天都有病人到这里就医。

垂死的登山者遇上了最坚韧的山民

当年的贡嘎山不是那么容易进去的，离开磨西镇不到1公里就是一条几百米深的峡谷，这条峡谷是由贡嘎山的冰川融水冲刷而成，名叫"燕子沟"。沟里两侧有很多奇美的雪峰，登贡嘎山一般都会从这条沟进入。

1982年4月28日，日本登山队员松田宏也和管原信两人攀上了海拔6800米的高度，准备次日向贡嘎山主峰发起冲击。就在他俩距离贡嘎山顶还有50米的高度时，贡嘎山发脾气了，大雾靡靡沉沉地卷来，漫山白雾茫茫，狂风暴雪猛烈地扑打着他们，一切信号都已中断，一直到黄昏，失去联系的他们依然杳无音讯。有经验的登山队员们心中明白：两名队员可能遇上了雪崩，生死不知。

　　第二天天刚亮，余下的队员和登山队的服务向导在雪山冰川上四处寻找，但失去联系的队员依旧毫无踪影。一个星期过去了，在极度缺氧、缺水、缺粮的艰苦条件下，加上恶劣的天气和险峻的山势，登山队料定二人没有生还的希望，决定返回日本。临走前，他们采集了贡嘎山上的野花扎成了花圈，并将携带的食物供上，在大本营举行了沉痛的悼念仪式，告别了为征服贡嘎山而献身的伙伴，带着惋惜和悲伤离开了磨西镇。

　　5月19日，磨西共和村的彝族村民毛光荣、毛绍军、倪民全、倪红军进海螺沟挖虫草，当天晚上就住在海螺沟森林的山洞里。第二天下午，他们到达海拔2850米的冰川舌口地带，在当时称之为"冰川城门洞"的附近发现了松田宏也。当时的松田宏也面部朝下趴在地上，只能看见他穿着红色的呢绒登山服，裤子是蓝色的，外套风衣铺在地上，衣裤已经磨烂，双脚从磨破的袜子里露了出来，皮肤已经变成深褐色，裸露在外的部分已经开始腐烂，发出阵阵恶臭。四人看见这情景，以为人已经死亡，于是出于好心想帮忙收殓尸体。他们上前将"尸体"翻过来时，看见此人双眼深陷，满脸水泡，胡须丛生，其中一名村民上去探了探鼻息，发现人居然还活着，但已奄奄一息。毛绍军从一旁的登山袋中找到了笔记本，上面写有"松田宏也"的字样，于是断定这就是遇险的日本登山队员。

见松田宏也还活着，四人决定立即把他抬出城门洞。他们手挽手编成担架，小心翼翼地将松田宏也抬到附近挖药人住的窝棚处，用塑料布搭成帐篷，脱下身上的察尔瓦（羊毛披毡）给松田宏也盖上，立即生火烧水。给松田宏也喂了些热水，慢慢地，松田宏也睁开了眼睛，但人依旧十分虚弱，没办法开口说话，他们从松田宏也的比画中知晓他的另一名队友管原信已经遇难。就这样艰难地度过了一夜，第二天，天刚蒙蒙亮，其中两位年轻人便飞奔到磨西镇报信。

松田宏也还活着的消息在磨西公社的高音喇叭里反复播放，两个小时公社就组织了四十多位青年志愿者奔赴海螺沟冰川。范医生得到消息后背着红十字药箱，坐着拖拉机第一时间赶到磨西，同磨西卫生所的医生组成了医疗救护组。他们连夜打着电筒摸黑前进，几个小时过后电筒的电用光了，他们又用火把照明，这山间星星点点的火光真有点像当年红军夜间飞夺泸定桥的景象。走到一半时，星星已躲进了厚厚的云里，没多久天便下起了暴雨，因为救援小组出发匆忙，救人心切，并没有考虑天气状况，雨具准备不充分，在森林中没有地方躲雨，大部分人在大雨的冲刷下前进。虽然范医生考虑比较周全，带了雨衣，但唯一的雨衣也只能优先保护好随身带的药品，不能给自己遮风挡雨，他全身也被雨水淋湿了。好在这雨下了一阵便停了，星星出来了，天也快亮了，救援小组一直没有停下不断前进的脚步，他们身上的衣服渐渐地被体温烘干了。

当范医生第一眼见到松田宏也时，看见他的脸因严重冻伤而皮肤发黑，像黑人一样，因为很久没有吃到东西，他整个人瘦得能看见骨头，全身上下也到处是因冻伤而导致的皮肤溃烂，四肢的肌肉基本已经坏死，伤口处还有很多蛆虫。范医生同磨西卫生院的医生们一道给松田宏也腐烂的伤口消了毒，做了一些简单的处理后，又把一些抗生素和消炎药碾磨成小块，拌着玉米糊小心翼翼一小口一小口地喂给松田宏也吃，让他稍微有一点儿力气支撑着下山。为了尽快下山，同时也为了松田宏也在近30公里的山路中少吃苦头，救援小组天不见亮就用刀和锄头在下山的丛林中开辟了一条二十多公里的小道。救援队员把带来的门板改成四人抬的担架，几十个救援队员分成若干个小组用接力的方式轮换着抬这个只剩下一口气的日本人。为让担架始终保持平衡，好几位山民的脚踝都因为坑坑洼洼的山路扭伤，有的山民手背和脸被带刺的树枝划破。下山途中范医生既要照顾松田宏也还要给受伤的山民治疗，在队伍中来回转。

经过7个多小时的艰辛，救援小队终于能够看到远处的磨西镇。但到达磨西镇前必须经过最后一道难关——空中吊桥。我记得三十多年前我第一次进海螺沟就走过那座钢丝上铺着木板的吊桥，通过这座桥需要十足的勇气才敢迈步。两根杯口粗的钢丝缆绳是桥的主体，钢缆下用铁丝编成了稀疏的网，桥离谷底大约有100米深，桥面上铺了木板。在桥的两端还可以扶着钢缆前进，一旦走到桥中间那钢缆却和膝盖等高，人就走在一米多宽没有遮拦的充满裂缝的木板上，木板不停晃动，真的十分吓人。人从木板上走过，一踩就晃，看着就晕，如两人面对面同时过桥，则需侧身艰难通过。

到吊桥前大家稍事休息，范医生看见抬担架的青年手上已满是血泡。他担心青年过桥时因桥面摇晃把血泡磨破，影响过桥进度，立即替换下这位青年。青年有些不好意思，范医生说："我经常在贡嘎山一带采药，所以知道过桥时身体要随着桥的晃动而动，四个人的脚步要跟着节奏走。"范医生给三位救援人员传授过桥经验，大家在他一声声的口令下顺利过了

2002 年，日本登山运动员松田宏也（前排中）回到磨西镇看望曾救助他的山民

桥，范医生发现自己的衣服早已被汗水浸湿了。镇上的领导和医院的同事早就在桥头等候，他们马上将松田宏也送到了磨西镇和新兴乡之间最近的皮肤防治医院，医院全体人员出动紧急抢救。就在这天晚上，磨西公社的广播站里又传出为松田宏也献血的消息，刚吃过晚饭的磨西山民从四面八方涌向医院。范医生说来的人很多，男的女的，甚至还有一位五十岁自称是"青年"的。这些山民都集中在医院的篮球场，依次验血。范医生参与了抽血的工作，他说那个场面很感人，大家觉得自己的血能救人是一件很光荣的事情。在医院的会议室里，有17位磨西山民为松田宏也献了血。

为了确保日本登山队员获得更好的治疗，成都军区还派来直升机，把松田宏也转到了华西医院，那是四川最好的医院。经检查，松田宏也除四肢冻伤外还有胃穿孔、腹膜炎，经手术治疗后又出现了双足坏死处的继发感染——败血症、肺炎、褥疮和弥散性血管内凝出血等严重情况。医院立即成立多科室医护人员抢救小组，为了确保松田宏也的生命安全，对他进行了双小腿和手指截肢手术。经过一个多月的精心治疗，终于将他从死神手里抢了回来。7月12日，松田宏也痊愈出院，乘飞机上蓝天，越大海，东归日本。

5年之后，海螺沟冰川公园得到了开发，旅游部门还拨专款从2号营地热水沟口沿当年抢救松田宏也的艰险山路，修建了旅游小道，被命名为松田宏也小道。

松田宏也为了感恩，也两次回到磨西感谢发现他的4位救命恩人和抢救他的磨西山民。我问过范医生松田宏也回来的两次他是否都在场，范医生说："后来松田宏也带了许多礼品回来感恩，拿到礼品的村民都很开心，听说有些没有得到礼品的村民还生气了。我也知道松田宏也回来，但是我

20世纪80年代，通过海螺沟进贡嘎山必须过这样的吊桥

当时没有去磨西，作为医生参与抢救是天经地义，是职责所在。再说他是外国友人，他登贡嘎山遇险后坚持了19天被山民发现，是个奇迹，我很佩服，能够为此做一点小事，心里很高兴很开心。"

乖乖猫

范医生最大的爱好就是养猫，他养的猫无一例外全是黑猫。他觉得黑猫是最聪明的，因为故事里的女侠都有一只黑猫。尽管故事中大多情节都是虚构的，但猫的确是动物中相当聪慧的一类，会爬树，会捕鼠，还会卖萌，因此猫十分受人们喜爱。

范医生爱猫是因为猫能帮助他看守那些他采回来的草药，那些贡嘎山采回来的草药有一种特殊的气味，会吸引老鼠在夜间"光临"。有一次范医生冒着生命危险采回来的草药，一夜之间就被老鼠糟蹋了，气得范医生咬牙切齿，发誓要将老鼠赶出家。从那时起，范医生就开始养猫。他养的猫个个都是捕鼠能手。

2005年我路过范医生的家，开口向他要一只猫，范医生用疑惑的眼神看着我，问："你住在城里，又没有老鼠，你要猫干吗？"我告诉他这猫是要送给海螺沟山上的一位叫李润莲的麻风病人的，他们那里也有很多老鼠。范医生听完后，毫不吝啬地送了我一只他最好的小黑猫。李润莲后来把这只小黑猫取名为"乖乖猫"。

我是通过范医生认识的李润莲。那是在2001年，我从燕子沟摄影返回磨西，巧遇上了从磨子沟采药回来的范医生，第二天他约我去磨西镇对面山上的麻风康乐村。那个时候我对麻风病还没什么概念，只是在20世纪70年代的日本电影《砂器》中感受到麻风病的可怕，同时心里也有点好奇，于是一大早就随范医生去了康乐村。通往康乐村的路从磨西镇步行半小时途经皮肤防治医院，从医院处下到沟底过河后，沿山直上，再走一小时山路便可到达。康乐村在半山间，村子建于20世纪60年代，那里除麻风病人和他们的后代外，方圆十余公里都没有其他住户。但空气很好，环境也很好，不仅能看见整个磨西台地，还能看见好几座雪山。范医生对这条路很熟悉，看得出他常来这里，我问过他，你是德威卫生院的医生，和康乐村的麻风病人没什么关系吧。他告诉我，他们村的人也有在这里治病的。20世纪六七十年代，泸定县的麻风病人都集中在这里治疗，因此山下的教堂边建立起了皮肤防治医院（简称皮防医院），当时这里有三四百名麻风病人，有干部、有打过仗的军人，大批的人治愈后都回到了各自的家人身边，留下的人就搬到了山上。20世纪80年代末，皮防医院拆迁了，只有一个磨西镇卫生院，随着海螺沟旅游的开发，海螺沟人口翻倍，卫生院的几个医生护士根本顾不过来照顾麻风病人。范医生每年都要在贡嘎山一带采药，采完药后他都会来康乐村给病人们看病带药。我听着范医生讲他这几年来康乐村的故事，不知不觉地就走进了康乐村。

范医生的到来让康乐村的人们高兴起来，他们拄着拐，瘸着腿出门迎接，范医生打开了红十字箱，一个一个地给村民换药。就是那次我第一次接触到麻风病，也认识了李润莲。当时李润莲刚过60岁，两只小腿因麻风杆菌，在20世纪80年代就被截肢了，双手也没有手掌，只有两个光秃秃的手棒，再加上她的脸部因麻风病变得狰狞，双眼还红肿着，真是有点可怕。10天前她的母亲去世了，她回不去，这几天一直面向她家乡的方向，

范医生给当地山民把脉

看着30年前她来的那条小路，以泪洗面，眼睛都哭肿了。

李润莲8岁患上了麻风病，一直和母亲住在一起，20世纪60年代麻风病可以治疗了，母亲就把她送到了这个村，从那以后她就再也没有回过家，她母亲来看过她两次，每次分离时都哭得死去活来。这次突然听闻母亲去世的消息，她几乎有死的念头和冲动。她到处找老鼠药，想服毒自杀早点儿去见母亲，在村里干部和其他麻风病朋友不断的劝阻下，这两天才没有说死的事。我没有跟随范医生去其他家换药，一直陪在李润莲身边，我原本想为她拍几张照，但举起相机真按不下快门，我不愿意其他人看见她脸上那种发自内心的痛苦表情，因为那个画面会刺碎每一个人的心。我给她留下了600元钱和一些食品，还告诉她以后每年都会来看她。听我这样说，她又哭了。

第二年的春天，我独自来到康乐村，那次给李润莲带了许多吃的，还专门用废旧轮胎给她做了一副护腿。上次看见她因麻风病截肢的小腿用草绳包着，一步一步地前进，一路上有许多尖锐的小石子与她的小腿肌肉不断摩擦着，每迈一步都感觉到她的吃力与痛苦。她套上了护腿，尝试着走了几步，脸上第一次露出了笑容。看到她的笑容，我也由衷地替她感到高兴。后来我几乎每年都会来看她，也把她的情况及时反馈给范医生。

有一次李润莲告诉我，我送她的一些食品被老鼠偷吃了，于是我便去找范医生为她要来了一只猫。自从2006年我把小黑猫交给李润莲，那只乖乖猫就变成了她唯一的陪伴和寄托。乖乖猫的确很讨人喜欢，它的眼睛瞳孔会随着太阳光的变化改变大小，早晨和傍晚没有阳光时，它的眼睛就像铜铃一样，中午阳光刺眼时，它的眼睛又变成了一条缝，乖乖猫的鼻子十分灵敏，从不放过一丁点儿老鼠的气息，它的嘴巴呈人字形，嘴巴周围的

李润莲和她的乖乖猫

几根胡须是它捕捉老鼠的好工具，胡须就是它测量老鼠洞有多宽的尺子。有一次乖乖猫为了抓一只小老鼠，好几个小时一直静静地守在老鼠洞门口，一旦老鼠放松警惕，它就猛扑上去，用利爪狠狠地扣住老鼠的咽喉，一下子就把老鼠消灭了。从那以后，老鼠们似乎开了会，再也没有光顾过李润莲家的食品了。

李润莲非常喜爱她的乖乖猫，我每次去都会看见乖乖猫缩成一团，亲昵地靠在李润莲的胸前，李润莲用没有手掌的手抚摸着乖乖猫的绒毛，嘴里不停地念叨着乖乖猫的好处，就像是母亲对儿女爱的倾诉。我拍了很多李润莲和猫在一起的生活照片，我把这些照片冲洗出来后送给了范医生，告诉范医生这只猫很通人性，这么多年不仅陪伴着李润莲，还去除了她很多的心病。

2019年10月，我再次去看望李润莲，她一见到我就哭着告诉我她的乖乖猫死了。这只猫跟了她13年，是当年7月份正常老死的，乖乖猫死前为了不让李润莲伤心，并没有死在主人的身边，而是自己跑到外面的菜地旁独自死去的。乖乖猫去世的地方是经常陪伴主人劳动的地方，乖乖猫在那里目睹了李润莲用没有手掌的手和没有脚掌的脚劳动的场景，在那里李润莲做出了四肢健全的我们想都不敢想也不会去想的伟业，我曾吃过她种的白菜，也吃过她种的海椒。李润莲含着泪水把乖乖猫埋葬了，在她的菜地旁立了一座坟包，面向大渡河，面向她和范医生的家。

雄鹰四郎

　　雪山雄鹰是四郎泽仁的微信名，他说，雄鹰不畏严寒，能在艰苦的环境中屹立而无畏。我知道他喜爱雄鹰，特别是雪山中的雄鹰，他时刻以它为榜样。我认识四郎已有三十多年了，刚认识时他在甘孜州色达县任副县长，四年后他又在炉霍县任常务副县长，1997年后，他又到世界最高城——理塘县任县长。他告诉我理塘县离贡嘎山最近，每次出差回理塘都会在高尔寺山顶见到金色的贡嘎群峰，还能见到雄鹰在天空中盘旋。有一次，我问他："你一直在高海拔地区调来调去，而且越走越高，你当了20年的县长，没想过到条件好一点儿的地方工作吗？"他对我说："我喜欢雪山，喜欢牧场，不论我回到过去工作的哪一个县，都能看到雪山，牧场上都有不认识的老百姓请我到他家里做客，他们记得我，认我是兄弟、是儿子、是家里的人，我就非常满足了。"

四郎的门永远为老百姓敞开

　　1989年初夏，人民美术出版社的章东磐来成都，我们相约一起去高原。到了康定后又去了色达，从炉霍县美丽的山谷中千折百回地转出来，一幢高大的白塔就耸立在天地交汇的尽头。白塔所在之处就是色达县城，通向白塔的笔直公路长达十几公里，两侧是宽阔的草地，每隔不远就有一座煨桑的石墩。十世班禅大师在前几年就来过白塔，当时他的车队刚刚驶出山谷，便看到香烟缭绕的公路两侧等候着五百多位彪悍盛装的色达骑手，骑阵的最前方，是为活佛备好的装有金鞍的一匹雪白的骏马，班禅大师停下车，走向迎接的人群。仪式结束后，他走向白马，飞身而上，然后

1988 年在色达任副县长的四郎（左一）

1970 年在甘孜骑兵团的四郎

和骑手们一起从草原上奔向色达县城。

这个故事是四郎讲给我们听的，那时四郎是色达年轻的副县长，他讲班禅活佛的故事几乎讲了一夜。四郎怎么看都不像一个官员，他太爱笑，话也多，与他交谈的五个小时里，有四个小时是他在说，其中有三个小时都是在笑着说。无论是多严肃的话题，只要通过他的嘴，总会让人开心，而那笑声是他从心里发出来的。他笑时露出整齐洁白的牙，很动人，尤其在屋子里灯光昏暗的时候，那是唯一发亮的东西。四郎曾是一名骑兵、神枪手，在当地老百姓中流传着许多他的故事。

藏族聚居区的特点就是地广人稀，历史上县界勘定也不清楚，为了争草场与邻县的人发生冲突甚至械斗，死伤人是常有的事。州领导为此事十分头痛，四郎想出一个办法，对邻县的兄弟说："我们不打，我们谈判。谈判时，找历史依据，相互退让一步。"当谈到有争议的地方，各方都不想让步，四郎又提出比武，谁赢了这块草场就归谁。邻县的兄弟也同意了，于是在草原上开始了比武。骑术、射箭、打靶，双方的骑士一轮比下来，不分上下，接下来喝酒说话，约好下面由带队的县长比武，色达的带队县长是四郎，也是色达的外交官。一群人说话间，脚下的草丛里一下跳出来两只野兔，那地方兔子多极了，兔子受惊拔腿就跑，有好几位惊呼着去拿枪，枪还未到手，身旁"砰砰"两声，两只兔子不动了，人们回过头来，四郎的手枪已经装回了腰间的枪套里。四郎这一本事，让在场人都服气了，在后来的比武中四郎拿出他当兵时的神奇本领。听说，在他当县长期间，边界的纠纷是最少的。

四郎在当县长前，做过兽医，后来又在色达最高的向阳乡做过党委书记，那里平均海拔在4300米以上。他知道草原上的牛羊是牧民们的生命，向阳乡一年只有一个月的无霜期，他告诉牧民们，夏天一定要让牛羊吃饱，秋天要让牛羊长肥，这样才有本钱过冬，特别要防止春天草还没有长出来的时候，牛羊因缺草而饿死。四郎对当地的牧民生活非常了解，他一眼就能看出哪家的生活有困难。他曾告诉我，他走访群众的时候只要看见哪家的狗又瘦又弱，甚至没有力气叫，那这家一定很穷，因为藏族人爱狗，狗都吃不饱，可想而知，这家一定也揭不开锅了，他经常会为这些家庭送上食物，让他们能够过冬。

有一年，色达牧场上的牲畜大面积感染口蹄病，口蹄病是一种急性、热性、高度接触的传染病，当时向阳乡已有上千只牛羊染上了口蹄疾病。在边远的色达没有特效药，四郎急得两天两夜没有睡觉，他听老一辈的人说木灰可以消毒，于是他让全乡的人在家中烧火，把烧的木灰集中起来，再把患病的牛羊集中在有水有草的地方进行隔离，然后在围栏中撒上大量的木灰。由于需要两天加一次木灰，四郎就在隔离区旁边搭起了帐篷，半个月后，他身上穿的衣服都散发出一种说不出来的怪味。功夫不负有心人，20天后，牛羊的口蹄病全好了，上千只牛羊得救了。当每家每户领牛羊回家后，四郎的帐篷里摆满了老百姓送来的哈达和酥油。

1989年6月的一个星期天，我和章东磬到四郎的家里去，我们进院后正在与他说话，一位藏族老阿妈走进门，用藏语和他打招呼，四郎立即起身伸出双手，热情地把老人请进屋，请老阿妈上座，他全神贯注地听老阿妈说话，好像我们这些人都没在场一样。老阿妈临走时，他恭敬地送她到院子外，用藏族的礼节向她道别。四郎回到屋里，我们问他，老人是谁。四郎说，不认识，她家里闹矛盾，来找我说说。那一刻，我意识到四郎的家门永远都向老百姓敞开着。

担当中的智慧

　　1997年10月，四郎从炉霍县调到理塘县任县长。理塘是世界最高城之一，县城的海拔为4014米，在那里工作，几乎与西藏海拔最高的安多县没有差别。我去过这两个县，在这两个地方，夏天都需要穿棉袄，走路的时候一步就要三喘气，最痛苦的是晚上睡不着觉，头痛得像快爆炸似的难受，让你第二天一点劲儿都没有，在这个时候千万不能感冒，如果感冒发烧，后果不堪设想。

　　四郎要在这里当县长，我很为他担心。他告诉我，他去理塘报到的那天，天气真好，天空没有一丝云，这样的晴天在高原上也难遇见。经过高尔寺山垭口，正是黄昏，四郎叫司机停车，选了一个好位置给同行的人介绍雅拉雪山和贡嘎山，15分钟后，太阳从身后徐徐落下，柔和的色调打在贡嘎群峰雪山上，雪山被光线映射，呈现出金色的光芒，这种光芒是对他的欢迎与祝福，他暗自下定决心，一定要为生活在这座高城的人民多办实事。

　　来到理塘后，他开始走村入户，他的藏话说得很接地气，说话时总以一种幽默的口吻把复杂的政策说得简单明了，老百姓都特别地喜欢他。他在调研中发现，牧场中有许多孩子不上学，那些上学的孩子中，低年级的大多为男孩，而高年级的大多是女孩。他问校长后才知道，高年级的男孩大部分都进寺庙去了，因为在寺庙里学经不仅管吃管住，冬天的时候也不用像在学校里一样受冻，只要学好经，在讲经的过程中还能有一些收入。

2002 年，理塘寄宿学校有了太阳能澡堂

他感觉这是一个大问题，理塘是个贫困县，但要扶贫首先需要扶智，他提出在全县集中办寄宿制学校。在20世纪90年代的理塘，这是一个大胆的想法。

理塘办寄宿制学校需要大量的资金，没有钱，怎么办？四郎在调研中发现，国家拨给保护草场的经费较为充足，因为每年都要花大量的资金去建围栏，而建好的围栏也经常遭到牧民和牛羊的破坏，于是四郎对已有的围栏进行了加固并加强草场保护的宣传工作，在保护草场的同时从中节约了一笔经费。他把这些经费用在建寄宿制学校上，经费不够，他就亲自带队到省、州去汇报，到企业中争取善款。他在县政府的办公会议上明确表态，寄宿制学校每年的水电费由县里的水电局包干解决，学生住宿期间需要的粮食由粮食局负责解决，学校里取暖和生活要用的柴火由林业局解决，总之学校教学和学生生活需要的东西，缺什么就解决什么，如果没有钱，由县财政先垫支，年底再结算。就这样，四郎在世界高城办起了寄宿制学校。家长听到孩子上学一切免费，纷纷把自己的孩子送到学校。半年后，不少牧民家长看到自己的孩子不仅在学校学习到了知识，人也长结实了，个个红光满面，家长脸上也笑开了花。

2001年，我去过理塘，我亲眼看到了四郎办的寄宿制学校。那天正好有本州的几个教育局局长带着他们的校长来理塘取经学习，他们参观了学生的宿舍和教室，都羡慕理塘有这样一位重视教育的好县长。我用照相机拍下了刚落成的学生澡堂，在那个年代，澡堂是我们内地学校都羡慕的。我把照片放大后，出差时经常会带在身上，向其他的学校领导们展示这所世界高城学校是怎样解决学生洗澡问题的。理塘集中办学的经验很快得到了省、州教育部门的肯定，并召开了现场会，经验很快在全藏族聚居区得

四郎在理塘县任县长时建的白塔公园，它是甘孜州的第一个公园

到了传播推广。

理塘是一个纯牧区县，95%的人都是藏族，信仰藏传佛教，20世纪90年代，随着经济的发展，理塘每个乡都想在自己的土地上新建一个塔子，上报到县里修建塔子的规模也都较大，有的设计塔高就有几十米。虽然是老百姓自愿出资，但四郎知道建这些塔在无形中会增加他们的负担。为了解决和处理好这个问题，那半个月，四郎每天都围着县城转圈，本着少花钱的原则，最后确定在城边选一块地，集中建一个白塔公园。

白塔公园在1998年开始动工，一年后就建成，如今已是理塘县城境内的一大人文景观，也是旅游者必到的地方。理塘白塔属塔中室外塔，属于菩提塔，屹立在公园中央，外观洁白如玉，上圆下方，气势宏伟，塔高99尺，象征着至高无上，洁白无瑕。白塔旁边伴随着119个小塔，分别代表着县里119个村子，白塔两侧有56个转经筒，代表着全国56个民族，这些设计都是四郎的主意，他这种担当包含着智慧，不仅开创了康南藏族聚居区第一个公园，而且满足了信教群众的信仰和需求。

2012年，我出差去理塘，站在白塔前，才感觉到它的壮观和美轮美奂，它集中体现了藏民族建筑技艺的精湛和艺术的美妙绝伦，我看着在佛塔间转经的藏族同胞，他们在用手滑动那些转经筒时是那样虔诚和安详，当我听到一位中年妇女口中念道："洁白的仙鹤，请把双翅借给我，不飞遥远的地方，只到理塘转一转，就飞回。"我才真正理解到了四郎在理塘建立白塔公园的重要意义。

有的人一句话会让你记住，更会让你思考。我记得1998年的时候，四郎告诉我，他们县是"五大班子"，我说，除了党委、政府、人大、政协，还有谁？他说，还有武装部。他的口头禅就是国防建设无小事，在生命禁区的理塘更要发挥军队的作用，他看见县城武装部的配备不够好，就把自己的专车支援给了武装部，将武装部建设需要的经费纳入财政预算，改造了60年代的民兵训练基地和营房宿舍，对凡是在部队荣立过三等功以上或被评为优秀士兵的战士都给予300元到1000元的奖励，退伍后还优先安排工作，退伍兵在理塘安置率达到92.5%。他说，用好退伍兵是藏族聚居区稳定的关键因素，他们在部队长期受到党的教育，对党忠诚，有责任感、有能力、有军事素质，在老百姓中威信高，可以起到带领作用。他的这些做法得到了省委、省军区的认可，也在藏族聚居区其他地方得到了推广，还被四川省委、省军区评为"拥军县长""国防十杰"等称号。

功劳背后有四郎

2008年，拉萨"3·14"事件后，我参加了"四川省委藏传佛教寺庙法制宣传教育工作组"，担任甘孜州色达县、炉霍县工作组组长。那段时间，四郎也在甘孜的北线负责维稳工作，我们经常见面。四郎曾担任过色达、炉霍两个县的副县长，对那里的寺庙都很熟悉，虽然二十多年来我时常跑藏族聚居区，但这次要做好活佛、格西、堪布的工作，我向四郎请教方法，一起分析如何让僧尼们了解党和政府对民族宗教的政策，解决他们心理上的死角。按照四郎的建议，我与两个县的乡村干部、群众同吃同住，与寺庙的活佛和僧尼进行面对面的深入沟通。由于党和军队给了我很高的荣誉，有很多当地的僧俗在电视里见过我，知道我帮助麻风村的事，他们相信我，使我有条件了解和收集到比较多的第一手情况。那段时间我

群众在歌乐沱乡夹道欢迎县长四郎

同四郎几乎每天晚上都要通话交换意见。

我在炉霍生根寺住的那段时间，萨果活佛知道我与四郎是朋友，对我特别关照，怕我吃不好睡不好影响工作，还专门为我开了汉餐。他给我介绍，生根寺处在海拔4068米的平坝上，西与阿坝藏族羌族自治州的壤塘县交界，东与金川县交界，过去这里长期缺水，只要十几天不下雨，群众和寺庙里的僧尼就要去山里找水，背一桶水就要花半天的时间，是四郎任上来寺里住的时候发现了这一问题。他指着我住的这间房说："你今天住的这间房，就是他当时住过的，但今天的条件已经比当时好多了。"

原来四郎14年前为了找水源，跑遍了这里的每一个角落，后来发现引水的路程远，消耗的经费也大，就改为打深井，在寺庙旁和群众密集的地方各打了一个井，三个月后，就解决了寺庙和当地群众的吃水问题。萨果活佛告诉我，今天你泡茶用的水，就是从井里打上来的。他说在出水的第二天，他带领着僧尼和村里的群众代表，吹着号敲着鼓，带上哈达和锦旗到县委去致谢，但那天，他们却没有见到四郎，听说他又下乡了。

我到色达的时间是"5·12"汶川地震后的第八天，一路上都看见原本在藏族聚居区维稳的武警部队陆续地往地震灾区转移。我到色达五明佛学院后见到了堪布索达吉和慈诚罗珠，他们听说省里工作组要来进驻寺院，一开始很紧张，当看见工作组长是一头长发，又知道过去我曾两次来过佛学院拍照，紧张的情绪渐渐消去了。其实我在见他们之前，心里也很纠结，怕做不好他们的工作，一路上都在跟四郎通话。四郎说做好堪布的工作十分重要，首先要跟他们交心，只要他们的思想通了，五明佛学院就稳定了。我从四郎那里了解到两位堪布都在自己的家乡办了九年制义务学校，为了更加了解他们，我便先去了索达吉在炉霍办的九年制义务学校，发现学校都是按照教育部门的教学大纲进行教学的，学生的生活也是他们化缘来解决的，学校有九百多名学生，管理得也很好，这给当时的政府分担了不少由于经费不足带来的困难。

我与堪布的谈话就从学校入手，谈了好几个小时，渐渐地相互了解，并交上了朋友。就是在与他们的交谈中，我传递出党对藏族聚居区的宗教政策和信息，他们都表示一定会配合工作组做好工作。慈诚罗珠还希望我去他办的学校看看。就在这个时候，四郎又打来了鼓励我的电话，他告诉我，五明佛学院情况比较复杂，这里有近万名僧尼，叫我一定抓住契机来引导他们为"5·12"地震献爱心，我觉得四郎的建议很有道理，立即把想法告诉了两个堪布。第二天，五明佛学院的前山上，集中了四口大锅，上千名僧尼坐在山坡上，为因汶川地震而死难的同胞们诵经，持续了两个多小时。红色的衣衫遍布在绿色的山坡上，气势之大，让我感到前所未有的震撼。在场的所有僧侣都为灾区人民捐了善款，捐款的金额达到四十余万元，五明佛学院的做法带动了四川藏族聚居区，有不少其他地区的寺院和僧尼都自发为汶川地震捐款。

色达县色尔坝区歌乐沱乡一部分群众患了大骨节病的事，也是四郎告诉我的。根据四郎提供给我的消息，在走访调查中我发现与壤塘县一河之隔的歌乐沱乡都是大骨节病区，阿坝州大骨节病区的村民移民建房、给钱治病的政策，色达的歌乐沱乡却没有享受到。而在1961年以前，歌乐沱乡属壤塘县管辖，过去曾是一个村，中间只隔了一条河，人们像亲戚一样你来我往。歌乐沱乡的群众看见对岸的村民搬进新房，又享受到了给钱治病的政策，心中对色达县政府产生了意见。作为省政协委员的我，提出"关于进一步加强对色达县色尔坝区五乡（镇）大骨节病防治与安置工作"的

上万僧侣为"5·12"汶川地震中遇难的同胞祈福

提案，没想到很快被省、州、县三级疾控中心调查组通过，并确定色达县色尔坝区五乡（镇）为大骨节病区。两年后，那里的村民就得到了治疗并完成搬迁。

2010年，我同四郎经过歌乐沱乡，乡里的上百群众一大早就手持哈达和鲜花在公路两旁等候，四郎下车后，群众就像见到自己的亲人一样，哈达挂满了四郎的全身。四郎用藏话告诉乡亲："这位林强就是你们的恩人，是他把你们的困难反映到省上，他还帮助过许多麻风病人。"四郎的话音刚落，上百名群众拥向了我，给我献哈达、送酥油。有一个三十多岁的小伙子，突然塞给我一个土布做的小包，小包里有上百根带泥的虫草。我马上问四郎怎么办，四郎跟小伙子用藏话交流才明白，原来，小伙子的父亲十年前因大骨节病不能行走，每天疼痛，全家都为此苦恼，前年政府出钱，不但治好了他的病，而且他们一家还搬进了新房，昨天听说老县长四郎要路过，叫儿子把刚挖的虫草用土包包好，一早就在公路上等着，这本来是送四郎的礼物，四郎叫我一定要收下，他说这是藏族老人对汉族老大哥的感激。那些带着泥土的虫草，再一次让我感受到汉藏一家亲的内涵。事隔多年后，那些生动的画面，还会经常出现在我的眼前。

我们都是一家人

2011年5月23日上午，在甘孜州人民医院五官科，一位82岁的老奶奶激动地拉着医生的手，久久不肯松开。原来，这位来自泸定县田坝乡田坝村的杜朝英，因为免费接受了双眼白内障囊外摘除和人工晶体植入术，她重见光明，视力恢复到了0.4。医院的多吉院长与我同四郎讲起这件事的时候又兴奋又激动。

这几年来，甘孜州慈善总会和州人民医院合作，为州内的白内障患者免费手术，已惠及三千五百多人。这个项目要从2003年说起，刚从理塘县调任甘孜州民政局局长的四郎就约我去贡嘎山一带调研，他在电话里告诉我，过去当县长要抓经济，要考虑县里整体的发展，现在职务变了，更要思考和解决老百姓的实际困难和问题。他说这次去调研的地方有许多处都是拍贡嘎山的好位置，希望把我的高级照相机全部带上。

这次调研，四郎做了充分的准备，他不仅带了帐篷和睡袋，还准备了许多干粮。看样子简直是要在那些偏远的地方扎根了。他说这次下去，不要增添基层的负担，也减少他们的陪同，按我们省上的说法这就是一次"暗访"。

我们过新都桥后，沿泥鳅河到甲根坝乡就直赴亚哈垭口。亚哈的景色很美，原始风景特色浓郁。那里地广人稀，很少有人去过。一般摄影和旅游爱好者都是走沙德乡进入六巴乡经上木居到达姊妹梁子看贡嘎群峰。1994年，我也走过这条路，当时路又烂又险，让人惊心动魄，有一种命悬一线的感觉。事过10年后，亚哈的碎石公路刚通，我和四郎就"光顾"了这条没有车走的路。尽管丰田越野车减震很好，也难免让我和四郎的头经常撞到车的顶棚，司机只好把速度降低到十多公里每小时，和我们走路没有多大的区别。

我们看见远处有人家，车便停了下来。土石房里，黑黑的，没有灯，光线很暗，房里只有一位老阿妈和她的儿媳靠在墙边。老阿妈卓雍78岁，家里没有耕地，没有牲畜。一家六口只有儿子罗杰在乡中心校做临时工，

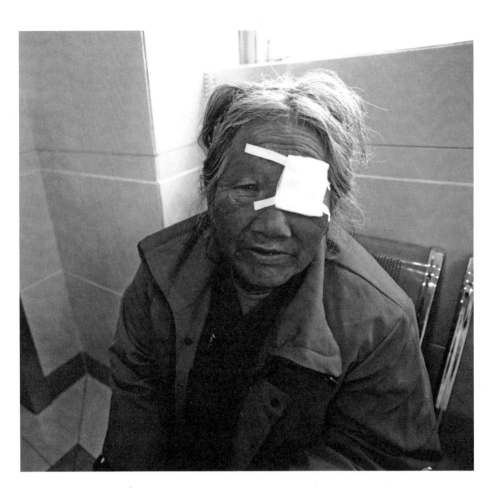

治疗白内障的藏族老人

一个月只有两百元左右的收入。我们了解到老阿妈因白内障失明了二十多年了，她告诉我们如果能恢复一天的光明，看看家人，看看过去看见过的山，死都瞑目了。这句话使我的眼睛发红了，这时候我看见四郎塞给她儿媳尼玛1000元钱，还给她留了自己的电话，叮嘱她带卓雍去康定治疗眼睛，还说到康定后就和他联系，医疗费由他去解决。

我们翻过海拔4700米的亚哈垭口，到了玉龙西的牧场，夕阳已变得柔和起来，我们又走进了一户特困户的家。首先看到的是主人家的女儿，13岁的措姆在院子里晒太阳，措姆因患小儿麻痹症，从小就瘫痪在家，因为傍晚的阳光柔和，她妈妈就把她抱到院坝，正好被我们撞见，那个场面让人心酸。他们一家九口人就有两位患了白内障眼病，如果不及时治疗，时间长了也会出现像卓雍老人那样失明的情况。治病要花钱，而他们一家一年的收入还不到两千元。

在返回住地前，要路经一片草原，落日的余晖使整个草地变得金黄。远处一群群牛羊和冒着白烟的帐篷，构成了美丽的画面。我问四郎，为什么这个地方患白内障的人这样多。四郎说也许是离雪山太近，每天起来都会看到雪山，加上这里海拔都在4000米以上，光照强，长期雪光反射加强烈的阳光刺激，增加了人们患白内障的概率；另外和饮食也有一定关系。这一瞬间，我看到贡嘎雪山已经逐渐变成金色。我拿着相机不停地拍照，不停按着相机的快门，真是太美了。这时四郎却对我说，你把藏族聚居区的山拍得这么美，但美的背后也有悲伤。他的话含义很深，让我记住了。那以后，我相机的镜头，更多的是对准了贫困和需要帮助的人，我就开始拍摄甘孜州患白内障的患者。我把拍摄的照片和他们的年龄住址都提供给了四郎，四郎就拿着这些图片，讲着他们的故事到处去争取善款，跑成都，跑北京，找朋友支持，很快争取到了一大笔经费。四郎把争取来的钱都放在了甘孜州慈善总会，让慈善总会和州人民医院合作，免费给白内障患者手术。为了给更多的人治好白内障，四郎还组织州医院带着设备，开着汽车到那些偏远的牧场给患者治疗。5年下来，数千名白内障患者重见了光明。

四郎为藏族聚居区白内障患者操心的事迹让我感动。我2009年边疆万里行，从成都出发到达的第一站就是康定，四郎陪着我走了两天，告别时，他请我一路上多了解一些藏族聚居区白内障患者，希望利用我的影响力进行呼吁。于是，我在5月25日，配上照片，写了一篇《1000元就能帮助一个人重见光明》的文章发在网上，并留下了四郎泽仁的电话和慈善总会的联系方式。随后，有许多人跟慈善总会取得了联系。4个多月后，我在全国政协礼堂举办"边疆万里行"个人摄影展，摄影作品被一个企业家收藏，我把得到的那笔钱全部捐给了甘孜州慈善总会做白内障手术。那天是四郎从我手中接过了那笔善款，他紧紧地握住我的手说，这笔钱会让三百多双眼睛明亮起来。一年后我收到了慈善总会寄给我的资料，资料里详细记录了白内障手术者的姓名、年龄、身份证号和地址，我知道这是四郎请慈善总会工作人员给我寄的。我看着这些名单上的信息，感觉到四郎这些年来为这些人奔走不知道操了多少心。

有时候，为了争取几千元钱，又是献哈达又是喝酒，他的整个胃和胆囊都献给了白内障患者，他为他们能早日重见光明牺牲了自己的身体。的确，那些白内障患者不仅重见光明实现了自己多年的愿望，而且增加了家里的劳动力，家庭和谐了，社会也安定了。

四郎和我现在都退休了，但我们时常都会回到康定，回到我们曾经去

我在摄影展后为白内障患者捐款（左为四郎）

过的山里和牧场。每当那些山里的人见到我们都会迎上来，紧紧地握着我们的手，就像亲兄弟久别一样拥抱在一起，因为我们这是回家，我们和山里的人们是一家人。

贡嘎山下的劳改犯

"劳改犯"的形象浮现在我们眼前的一般是这样的：留着寸头；一张或老实巴交或凶神恶煞的脸，总之绝对不普通；眼神要么猥琐要么激愤，总之会让人一眼忘不掉；穿着暗沉的衣服……普通人听到"劳改犯"三个字，多会避而远之；胆小者甚至会下意识哆嗦一下。

我在过去30年里认识了贡嘎山下几位"劳改犯"，他们就是一群普普通通的人，有的一时失足犯了错，有的被错判，他们的命运却发生了天翻地覆的变化。

修车老汉白师傅

1986年秋天，我搭货车去康定塔公草原公干，从康定出发就开始翻山，一座山连着一座山，刚下一座又上一座，车子永远都在盘山，一圈又一圈地绕。那时候，这条路还不平整，到处都坑坑洼洼，旁边随时可能有山石滚落。司机师傅浑身戒备，眼睛死死地盯着路面，手里紧紧地握着方向盘，就怕一不留神滑出山道或者被山石砸到。我坐在副驾驶上，也自动地闭上了嘴巴，跟他一起盯着山路。

过了一会儿，车子突然"咯噔"一下，就听到师傅嘟囔一句骂娘的话，开了车门下去。师傅打开引擎盖埋头捣鼓了一会儿，上了车，扭过头对我说"车坏了"。我心里一紧，这前不着村，后不着店的，周围除了山就是树，这可怎么办？"走走看，现在勉强还能开。"师傅说完就打着了火，继续启程。就这样，走一段停一会儿，停一会儿走一段，走到半山间就再也走不动了。司机只好又下车当起修车师傅，我也跟着下车，搭把

白师傅

手。只见师傅这里拧一拧，站着看一会儿；那里擦一擦，又寻思一阵儿，终于发现是坏了一个重要的零部件。车上并没有可更换的配件，我们只好站在路边拦车，期冀能够找到人帮忙。还好，我们拦到一位下山的司机，托他帮忙去康定买一个新的零部件，然后再托人带上来。那时候人是质朴和单纯的，我们彼此不曾有一丝怀疑或顾虑，我们把钱给了他，他帮我们买配件还托人带回来。下午5点，配件带到，我们又开始出发了。

到新都桥时，天已经漆黑，大地一片死寂，就像一头静候猎物的雄狮。司机告诉我："这么晚了不能前往塔公草原，那里人户稀少，晚上没有落脚的地方，而且野外随时有狼群出没，太危险了。"他建议我们在附近的下柏桑劳改农场住一晚，明天早上出发。路上，他跟我介绍："那虽是个劳改农场，里面住的却是一位修车师傅，师傅人很好，特别朴实热情，他不会嫌我们打搅的。"车到了农场，那位修车师傅果然非常热情地接待了我，原来他是司机的朋友，姓白，我唤他"白师傅"。我随白师傅来到一间土棚房，房子十分简陋，除了一张床和一个木箱以外，没有其他的东西。白师傅不怎么爱讲话，从我进门后就一直忙前忙后，十分热情。知道我还没吃晚饭，立刻把火炉打开给我烧茶，想给我煮点酥油茶垫垫肚子。20世纪80年代下柏桑农场没有通电，烧水煮饭全靠火炉。坐在火炉边，我从微弱的火光中看到了白师傅的脸：他五十多岁的脸上已经布满了皱纹，那一条条深深浅浅的皱纹透出了他的艰辛和沧桑，也传达出坚强和善良的信号。我暗暗想，这可能是一个有故事的男人。

慢慢熟悉了，交谈中我了解到白师傅是一位刑满释放的劳改犯。

白师傅曾是一位汽车修理工，和大多数年轻人一样喜欢车，也喜欢开车。20世纪80年代，汽车司机在青藏高原是相当金贵的职业，也最受女孩青睐。白师傅也曾有一个美满的家庭，妻子也是当地出了名的美女。用白师傅自己的话说："那时候出门，别人都要多看我们几眼，都羡慕我们。"

有时候命运似乎就是见不得人好，总是要制造一些磨难来考验人的韧性。就在白师傅春风得意的时候，他有一次偷着开车不小心出了车祸，轧死了人。那个年代汽车少，车祸也非常罕见，出了车祸是天大的事。白师傅被判了12年，就到新都桥服刑。刑满出来，他已无家可归了。白师傅便在农场边开了个汽车修理铺，那时候川藏运输的大动脉川藏线还是一条碎石路，石头大、坑多，新都桥正好在刚刚翻过折多山的南北交叉路口，车辆很容易在这里出毛病。白师傅无意中赶上最好的时机，但他从来没有想过发财。他修车技术好，收费便宜，对人又实在，司机们都和他成了好朋友。那时的川藏线，出了康定就基本没有青菜吃，几分钱、一毛钱一斤的叶子菜和辣椒都是宝贝。司机们从康定过来，几乎每次都给他捎带点儿蔬菜和食品，他一个人也吃不了，就送给劳改农场或招待路人。一来二去，白师傅在当地就有了好口碑，有了好名声，大家也都认识"修车师傅——白师傅"。

有一次，一位货车司机给车加水路过白师傅的修车铺，白师傅听见货车发动机声音不太正常，就跟司机说："你的车有问题，最好让我检查下看看。"那位货车司机是第一次跑川藏线，不认识白师傅，就以为白师傅是故意讹他的钱，再加上当时已经下午4点了，司机想在天黑前多赶点路，执意把车开走了。结果没开多久，车就坏在路上，只能又找人把车拖回了白师傅的修车铺。白师傅看到去而复返的司机，一句话都没有说，就埋头检查车辆。他还担心司机第二天开车精力不济，就让司机自己去睡觉，他

白师傅的修车店经常帮助远到的藏族同胞

白师傅去世后，藏族同胞们为他送行

忙活了整整一个通宵，才把车修好。第二天早上，司机问他多少钱，白师傅笑着说就要一天饭钱。司机很感动也很纳闷，这前前后后忙活了一宿，零件估计也换得不少，怎么能只要一天的饭钱呢？原来白师傅为了给司机节约钱，找到出问题的零件以后，没有直接换新的，而是把有问题的零件都逐一拆下来，凭借多年精湛的手艺把零件都修好了，虽然多花了好几个小时，但是费用省了不少。货车司机没说什么话，开着车走了，回程的时候特意经过白师傅的修车铺，给他带了三十多斤土豆。白师傅问他："路上，车没有再出毛病吧？"司机很傲气地说："一路顺利地到了西藏昌都。你的手艺，这个——"说着竖起大拇指来。

知道川藏线的人就都知道新都桥劳改农场的白师傅，常跑川藏线的货车司机更是把白师傅当成他们的"守护神"，有他在司机们心里就踏实，所有人都习惯了白师傅的存在。"劳改释放犯"的名声很不好听，让人抬不起头，可在厚道的山里人面前，白师傅赢得近乎神话般的崇高地位。我听过不少川藏线上的老司机谈起白师傅的技术，那是神乎其神，说起来神采飞扬的，"哪怕闭着眼修车也从不会拧错一颗螺丝""听一耳朵发动机的声音就知道车子有没有问题""白师傅说车只能跑一公里，绝跑不出两公里"……我听后打心底里替白师傅感到高兴。

10年间，我每次去，无论什么时辰，无论是白天还是黑夜，白师傅都在修车，他总是在不停地捣鼓手里的车，直到修好才休息，生怕耽误别人上路。1997年6月我又想去看看他，可这次却伤心而归。修车铺的伙计告诉我："白师傅已经不在了，他是修着车倒下的，再也没有醒过来。"劳改农场干部、朋友和那两天路过的司机一共约140人自发为他送葬。白师傅在这片山里得到了前所未有的安慰。从此公路边又多了一座土包，一个没有墓碑却牵着很多人心的土包。如今，白师傅已走了二十几年，但他那饱经风霜的脸、皲裂的双手以及那件沾满泥土和油污的工作服仍然宛在眼前。

马利剑的信

我认识马利剑是在1986年10月，他已经在新都桥监狱下柏桑劳改农场服刑10年。由于他服刑期间表现良好，又能写字算账，农场的管理人员就把他安排在监区外看守劳动农具，给农场每个劳改犯登记出勤时间。

马利剑一个人住在农场外的一间农具棚里，我第一次到下柏桑农场的那天晚上，要在那里过夜，由于时间太晚，白师傅不好惊动管理人员，就直接找到拥有土平房钥匙的马利剑。白师傅带着我向马利剑说明了来意，马利剑很爽利地答应留我过夜。他带我们穿过一个晒粮食的大坝子来到了土平房，打开房门，房间里面有四张床，每张床边的土墙都有许多裂缝，房顶的角上都挂满了蜘蛛网，可以看出来这里已经有很长一段时间没有住过人了。马利剑给了我半截蜡烛，方便我晚上照亮。白师傅一个劲儿地跟我说："这里环境差，只能委屈林老师将就一晚，明天就带你找车去塔公草原。"我倒无所谓，从爱上摄影，什么样的环境都睡过，山洞、树下都过过夜，这至少还是间房。安顿好我之后，他们就离开了，我悄悄看了看手表，已是深夜12点。

第二天天刚亮，马利剑就敲开了我的门，给我送来了自己煮的稀饭。稀饭味道家常，我饥肠辘辘已久，所以吃得格外香，捧着碗喝了个底朝天。吃完饭，我说："早上光线柔和，先去拍点照片，回来再出发。"然后，我就照常换上了军装。马利剑看见我帽子上的五角星和衣领上的两面红旗，很惊讶，我忙向他做了自我介绍，告诉他我是四川省军区的宣传干事，来康定军分区出差，工作完后想去塔公草原摄影。一听我是军人，马利剑顿时严肃了起来，马上帮我背上摄影包，扛起脚架，跟着我来到了农场外的草坝上。10月金秋，公路两旁的白杨被晨光镀上了一层暖暖的金黄色，它们慵懒地打着哈欠，伸着懒腰。远山间，一座座帐房在纱一样柔软的雾气中若隐若现，星星点点，增添了一份神秘感。刚刚苏醒过来的牛羊，伴随着迎风而起的嘹亮的歌声，构成了一幅幅立体的画面，让人渴望接近、融入。眼前的一切让昨天的疲惫顿时消散，就像一位登山朝圣的佛徒历经千辛万苦终于抵达山顶看见佛光时的激动与欣慰，值了，真的值了！

摄影采风完后，马利剑带我见了劳改农场的领导，我也给他留下我在成都的通信地址。告别时，我把随身带的半导体收音机送给了马利剑，想让他可以通过听广播、听故事、听音乐打发枯燥的时间，但马利剑说什么也不肯收下收音机。

回到成都后，我收到了马利剑的第一封信，这封信一共写了14页，信里字体很小，密密麻麻的让人读起来十分费劲。信的主要内容大概是马利剑入狱的原因，也有他的悔恨。我读完后很心酸，又很同情他，突然间我就明白了为什么当初离开时，他拒绝收下我送的收音机。他恨收音机，就是收音机给他带来的牢狱之灾。

马利剑比我大6岁，父母都是四川隆昌县的农民，新中国成立后他上了学，成绩也一直都是名列前茅。1962年困难时期，父亲饿死后，他休学回到农村务农。他读了一年初中，在当时的农村算是一个知识分子。"文

20 世纪 80 年代下柏桑劳改农场的客房

化大革命"期间他被抽调到公社当宣传员，他省吃俭用好不容易买了一台当时很时髦的半导体收音机，周围的人都很羡慕他。马利剑也对这台收音机爱不释手，时不时就要研究一下，时间一长，他对收音机的波段也了如指掌，他可以准确地在复杂的波段中找出"美国之音"频道。刚开始他常常深夜一个人把收音机藏在被窝里听，后来他边听边把听到的内容记录下来，再后来他还邀请他的好朋友一起听。20世纪70年代初，他所在的公社来了不少重庆知识青年，他们经常在一起交流思想，谈论时政，发表言论。当时他们所在的生产队很穷，一个劳动力最高计10个工分，每10个工分为2角7分钱，大家连肚子都填不饱。这群年轻人不满现状，白天跑到公社外面玩，晚上收听收音机，心中做着美梦。他们用自己的方式表达对现状的不满，用自己的方式维持心中的梦想。当马利剑听到收音机中讲述海外丰富的物质、富裕的生活时，他就抑制不住内心对海外的向往，越发想要逃离现实。一天晚上，他从收音机中听到有人成功偷渡香港的事例，便感觉机会来了，暗下决心要偷渡香港。他连夜制订了详细的偷渡计划：第一步是学习游泳，要保证能够从深圳游到香港去；第二步是集资，凑够到广州的路费；第三步是伺机偷跑。至于到香港干什么，他没想过。在马利剑幼稚的思想里，香港遍地都是黄金，只要过去就有幸福美好的生活等着他。于是，第二天，他就开始游泳训练，每天都会在水库里折腾两个小时，半年后他的游泳水平大大提高了，他感觉可以着手第二步计划了。正在马利剑筹集去广州的资金时，公安局找到了他，说他长期收听敌台，有反社会主义行为，马利剑被戴上手铐，从此失去自由。后来金堂县法院以"反革命罪"判处马利剑有期徒刑20年，遣送到新都桥监狱服刑。

　　我看着马利剑的信，心绪起伏，不禁回忆起那个年代的我和那个年代的桩桩往事。1969年，十几岁的我到农村插队，由于出身知识分子家庭，在农村这片土地上毫无用武之地，加上现实生活与理想的差距，心里也经常感觉茫然，深夜时也听过"美国之音"。我还清楚地记得1970年4月，我的同学到生产队来看我，第一顿就吃的红薯和青菜，没有一点儿油水，根本吃不饱，到了半夜肚子就咕噜咕噜叫，翻来覆去睡不着。我们几个小伙子就跑到生产队的地里偷还没长成的菜吃，土豆还只有小团子那么大，就把它拔出来烤了吃。那时候饿壮人胆，肚子叫得让人顾不了那么多，就想着怎么吃饱饭。现在回想起来，如果当时被发现肯定要被上纲上线，也少不了去吃个牢饭。这么一想，我脊背有点儿凉意，真是庆幸呀！命运对人的捉弄，似乎就在"侥幸"与"不幸"之间徘徊。我反复地读着马利剑的来信，信中我看不出他对当时法院判决的不满，只是后悔，只是恨那台收音机，他认为是那台收音机给他带来了灾难。

我把马利剑的故事讲给我在省军区政治部的同事听，想跟他商量一下，怎么样能够帮助马利剑洗脱罪名，让他早日恢复自由。他听完后并没有像我那么激动，而是很平静，还让我不要管这些事。我有点不解，他说："一个农民，牢都坐了10年，光凭你的一人之言，怎么能行？你怎么知道他说的就是真的呢？"我仔细一想，也是这个理，现在讲法律，法律讲证据，抛开证据，一切就只剩下同情。我只好给马利剑回了封信，写得很动情，有几句我至今还记得："我没有把你当成犯人，你心地善良，在劳改农场表现很好，管教干部都认可你，其他犯人也很羡慕你，你要好好珍惜，好好表现，用行动让自己早日重获自由。"

之后，我几乎每半个月都会收到马利剑的信。几年下来，他给我的信就有好几十封，放在桌子上都有二十多厘米高，我偶尔也会回他一两封。

农场旁的车站食堂

也许，他已经把我当成了知己，远方的能够说心里话的人，不需顾虑，不怕被伤害的知心人。信中，马利剑会把他生活中的点点滴滴，深夜时的思考，以及对人生的态度毫无保留地告诉我。有时候，我也在想，写信对马利剑来说可能已经变成了习惯，他并不需要有人回复，只要有个寄托，有个地方让他能够把信寄出去就好。

有一次，马利剑在信中写道："等你下次来，我要送你一件我亲手做的礼物，你不要嫌弃。"马利剑在家学过木工，手也很巧，他花了几个月的时间在一块硬木料上雕刻了一架飞机。飞机雕得很精致，整个机身比例非常协调，线条流畅，就连驾驶舱中的仪表盘都能看出轮廓来。他请人给飞机模型拍了一张照，并把照片寄给了我。他说，在他的心中，军人就像天上的飞机一样，是神圣的，是英雄。所以，他要送我一架他亲手制作的飞机模型，代表他的心意。我感谢了他的好意，让他把这个飞机模型送给管教干部，这样对他会更有利一些。但马利剑没有听我的，他听说我的一位朋友喜欢藏狗，于是用这架飞机模型在塔公草原上找人换了一条藏狗送给我的那位朋友。

那些年只要我去甘孜州路过下柏桑劳改农场，都会顺道去看看马利剑。有一次我搭色达县副县长四郎泽仁的车回康定，路过农场时，我和四郎县长一起去看了马利剑。还有一次我同北京人民美术社的编辑去看马利剑的时候，给他带了一本字典，马利剑非常开心，把这本字典当成宝贝一样收藏。每次翻看，都要先把手擦洗干净，很有仪式感。马利剑不仅可以和当地人交流，而且还可以请假去塔公和新都桥镇买东西，管理干部对他很放心，他也守规矩，每次都能按时归队。这些事情马利剑都会写信告诉我，但是我却有了顾虑，我怕他"恃宠而骄"。所以，我特意给他回信，提醒他不要辜负别人的信任。

马利剑的确没有让我失望，他看守的农具没有一件丢失，农具用坏了都是他自己想办法修好，这样他为农场节省了一笔不小的开支，难怪我每次见到管教干部的时候，他们都会说马利剑这人不错。

有一次马利剑指着管教干部周队长的背影悄悄对我说，周队长已经在农场待了18年了，比他服刑的时间还长。十几年前周队长在家乡结了婚，但这些年从没见到他老婆来看望他，每年也只有16天的探亲假能让他回家陪伴家人。再过几年，马利剑满刑后也会离开这里，但周队长还会继续在这里干下去。马利剑说这些话时，脸上都是敬佩和感激的表情，他庆幸自己在悲惨的管教生涯中遇到了这样好的管教队长。

1993年8月，我收到马利剑从四川雅安苗溪监狱农场寄来的信，原来下柏桑农场已经拆迁，马利剑和其他犯人一起搬迁到了苗溪监狱农场。苗溪农场在龙门山脉名扬天下的二郎山外的大坪山，位居天全、芦山、宝兴三县交界处天全县境一侧。过芦山县城芦阳镇不久，岸陡壁峭的灵关河上一道石桥，即为苗溪监狱农场与外界唯一的天堑通途。给苗溪监狱农场寄信，地址要写"631信箱"。马利剑服刑的最后三年时间就是在这里度过的，三年间我同样收到了他的很多信，但最后有好多信我都没有拆开看，他的每封来信开头都是"向队长报告"，信的内容也是乱七八糟、东拉西扯，一会儿说天上，一会儿又说地下，天马行空又杂乱无章。我猜想那段时间马利剑的精神可能出现了一些问题，但当时正赶上我在四川省教育厅负责全省学校的体育、卫生、艺术工作，工作内容十分繁杂，空余时间有限，就没有精力去细细打听他的情况。

1996年秋天，马利剑出狱了，他特意来成都找我，但我去北京出差

下柏桑劳改农场的冬天

了，所以他在我的工作单位和家里都扑了空，我们没有见到面。从那以后我们就失去了联系，我也再没收到他的来信。后来我多方打听他的下落，都没有消息。2015年我找到了隆昌县公安局的朋友，想从公安这条线找到马利剑，公安局的朋友告诉我，二十多年了，可能早都不在了。但我一直不死心，曾两次去到他的家乡隆昌，最后在内江威远县找到了他的姐姐。八十多岁的马素华说话已不太清楚，但一提起弟弟的事就哭，令人很心酸。

1996年10月，马利剑刑满回家，他看见20年后的家乡，山还是那座山，水库还是那个水库，但人们的生活却发生了翻天覆地的变化，不少认识的人都盖起了三层的小洋楼，村村通的公路通到了家门口，出行都是摩托车和小轿车；身上穿的，嘴里吃的，跟他20年前梦想的日子没有两样，这一切的美好让他以为自己还在做梦。

马利剑回乡后没有自己的土地，只能住在20年前他住的土坯房里，虽然很简陋，但很自由。他一个人，能凭自己的手艺活着，他把白师傅那种勤奋、认真做事的态度移植到自己的生活中，渐渐地赢得了当地人的信任和尊重。就在马利剑生活一天天好起来的时候，身体却突然出了问题，他第一次检查，听到的是癌细胞转移的消息，医生告诉他如果不治疗，最多还有三个月的时间。马利剑并没有很惊恐或沮丧，他没有医保，也没有钱治疗，他只是平静地决定在生命最后阶段去一趟贡嘎山，回一次下柏桑劳改农场。

出发前，他去见了唯一的亲人姐姐，姐姐劝他不要去高原，就住在她家养病，但马利剑进山的态度很坚决。告别前他给姐姐留下了一个包，里面都是他最珍贵的东西，包括我20年前送他的《新华字典》，还有十几封信。这些信都是他出狱后写给我的，他用这种方式倾诉着自己的心里话，但这些信没有寄出，我想他是怕再打扰我的生活。

2008年的冬天，康定县甲根坝乡的山民在海拔3700米的白塔边发现了马利剑，从已经咽气的他的身上找到了他姐姐的电话，将他的死讯传达给了他唯一的亲人。

甲根坝乡是贡嘎山下最美的村庄，马利剑选择在那里倒下有着特殊的意义。我想他一定去了当年服刑的下柏桑劳改农场，一定在白师傅的坟前献上了一束野花，那个画面一定很伤感，要是我知道他要走一趟，我会与他同行，会陪着他走过最后的日子。

当我写到这里时，心里一阵发酸，眼睛也湿润起来，我翻箱倒柜地找马利剑的信，把整个书房弄得乱七八糟，我夫人说："不要再找了，几年前在整理你的资料时把那些信当作垃圾丢了。"她还说，"几十年了，人都死了，你留着那些信有什么用？"我想这也是个理，也许我们死后留下的东西对别人来说也是这样的。

30年的纪念

2016年，我与白师傅和马利剑相识30年，我打算回康定下柏桑农场看一看，回忆与他们这30年的往事，纪念心中的朋友。我计划途经雅安时，要去芦山苗溪监狱农场看看，马利剑服刑的最后三年就是在这里度过的，也是他精神崩溃的地方。

出发前我专程去拜访了胥义方老人，90岁的胥义方是黄埔军校二十四期的毕业生。1949年，随刘文辉的部队起义后就在四川雅安工作，1957年，因"反革命罪"被判在芦山苗溪监狱农场服刑二十余年。等到出狱，他已经五十多岁了，后来在成都结婚安家生子。他听说我要去苗溪监狱农场，很激动，一边向我介绍几十年前那里的情况，一边从木箱里拿出一份《四川省雅安地区中级人民法院刑事判决书〔（84）法刑申字第5号〕》，上面有对他的最后判决：1957年胥义方、吴定光、古正荣相互议论过有损于党和社会主义制度的言论，但不构成犯罪，原判主要是追究了历史罪恶，以"反革命罪"判处胥义方、吴定光、古正荣的刑法不当，根据党对起义人员"既往不咎"的政策，撤销本院法刑（62）字第1号刑事判决书和法刑（80）审字第95号刑事裁决书，对胥义方、吴定光、古正荣宣告无罪。这份加盖了四川雅安中级人民法院公章的判决书，胥义方不仅保存了三十多年，还复印了若干份，每当有朋友来看他，他都毫不吝啬地给一份。他只能用这种方式来表达自己的冤屈。

胥义方说，最初服刑是在康定新都桥监狱，那里离贡嘎山很近，海拔在3500米左右，他高原反应严重，经常呕吐，晚上也睡不好觉。鉴于他的身体情况，加上他又是政治犯，最后他被调整到了雅安芦山苗溪监狱农场服刑。他在苗溪监狱农场见过大名鼎鼎的胡风，还在一起劳动过。当时监狱农场对胡风管教很严，关押他的是一个特别的单间，在一起劳动时也不准他和其他人说话。不知道什么原因，不久胡风就离开了苗溪农场，听说去了其他监狱。20世纪80年代后胡风也平了反，还担任了全国政协常委，1985年胡风去世，被国家安葬在八宝山公墓。胥义方告诉我，他这辈子最大的失误就是没有管住自己的嘴，结果吃了20年的牢饭，还差一点儿死在牢里。现在想起来真有点可笑。那天90岁的胥义方说了很多，句句都是

四川省雅安地区中级人民法院

刑事判决书

（84）法刑申字第5号

申诉人（系原审被告人刘谷卿之子）刘万康，住雅安市市中区县前街57号附11号。

原审被告人，刘谷卿，男，汉族，湖北省汉川人，系起义将官，于一九六八年死亡。

原审被告人，胥义方，男，五十一岁，汉族，四川省雅安市人。

原审被告人吴定光，男，汉族，雅安市人，于一九八二年八月死亡。

申诉人（即原审被告人），古正荣，男，五十一岁，汉族，雅安市人。

上列被告人刘谷卿、胥义方、吴定光、古正荣，于一九六二年二月二十四日本院（62）法刑字第1号刑事判决以反革命罪，分别判处刘谷卿无期徒刑，胥义方有期徒刑十五年、吴定光、古正荣各有期徒刑十年。

申诉人刘万康、古正荣以原判认定的"事实不符"为由向本院提出申诉。经本院再审查明：

刘谷卿解放前在王赞绪"治总"部队任参谋长兼新九军付军长，一九四九年十二月起义后任 六十二年高参，五三年被撤职。

年九月转业。刘对行政处理有意见，五七年与胥义方、吴定光、古正荣等人交往中互相议论过有损于党和社会主义制度的言论，但不构成犯罪。原判主要是追究了刘的历史罪恶，以反革命罪，分别判处刘谷卿、胥义方、吴定光、古正荣的刑罚不当。根据党对起义人员"既往不咎"的政策，特判决如下：

一、撤销本院法刑（62）字第1号刑事判决书和法刑（80）申字第95号刑事裁定书；

二、对刘谷卿恢复起义人员名誉；

三、对胥义方、吴定光、古正荣宣告无罪。

一九八五年五月六日

胥义方的无罪判决书

肺腑之言，他在生命的最后阶段，还是没有管住嘴，这番吐露，让我很心酸。

我记得20世纪80年代著名电影明星赵丹患癌症晚期，住在医院里等待着死神。有一次，一位记者采访他，他躺在病床上侃侃而谈，其中不乏一些"过头"的话和不轻易示人的心里话，也有顶头上司们不爱听的话，说完以后他意味深长地补充了一句："现在我什么都不用怕了。"当年我在《人民日报》上读到这篇新闻时，对这位老艺术家的诚实感到钦佩，事过三十多年我又在胥义方那里听见了相似的话。

告别胥义方时，他送给我一本他自己手工做的小册子，册子是用宣纸制作的，里面的内容全是用毛笔书写的，字迹工整，内容包含了诗、杂文、随笔，精彩的语言还用红圈标注上。他把册子留给了我。他留给我的是他生命的苦难和教训，同时也留下了光明和未来。

拜访胥义方老人后，我们就出发了，经过芦山县城后直奔苗溪监狱农场。苗溪监狱农场即原川西监狱的对外别称。这座方圆20平方公里（合为3万亩）的监狱农场，原来与世隔绝，神秘莫测，而今人迹罕至，走兽出没，茶园荒芜，房舍破旧，寂然无声，鲜为人知。胥义方、胡风、马利剑都曾经在这里服过刑。

来到苗溪监狱农场三分场监牢，浓荫遮掩的一条小径，通向依然紧闭的巨大铁门，门上依然是高墙电网。从旁侧可登上高台，高台上孤立着一幢废弃的灰砖楼房，是当年狱警办公的地方，可以监视下面院内的一举一动，一览无余。三分场监牢是四合院，三面高山陡坡。院内正侧面有一座平房，有点古色，可以开大会；靠大门一方是半敞开放式的高平房，木梁上可挂稼禾；大门正对面那栋楼房，是犯人的单间居室；院坝里一个篮球架已锈迹斑斑。此刻院里只有劲草疯长，罕见的巨大阔叶梧桐树葱绿欲滴，仿佛在诉说生命被践踏过后更生的渴望。

从苗溪监狱农场出来后，我们继续前往下柏桑农场。以前需要两天的路程，如今只需要大半天就能到达。

如今的下柏桑农场，已经成了旅游者和摄影家的天堂。平坦的草地上各色小花正肆意绽放，随着清风微微拂动，又被来来往往的牛儿低头一口啃掉。在水草丰茂的地方，有几匹马儿自在地散步，没有拴缰绳，也没有人看管，只有丁零零的铃声清脆地响起。一片民风淳朴、圣洁美丽的景象，让人很难想起这里曾经掩藏过"脏污"。农场周边建起了很多具有藏族特色的客栈和酒店，迎接着来自全国各地的游客们。我站在草地上，抬头看着这片澄澈的天地、那颗耀眼的太阳，一时间感慨万千。

好不容易找到了当年的旧址，那些土平房早已拆毁不见，只能依稀在晒坝里找到旧日的痕迹。我想看看白师傅的土坟，但转了几圈都没有找到。我问当地的年轻人是否知道三十年前的白师傅，他们都一脸茫然地摇头。追问下去，他们也只是从老一辈口中得知这里以前是一个劳改农场。在他们眼里，这些尘封的往事已和他们没有任何关系了。

白师傅、马利剑、胥义方，每一个名字背后都有着一段令人心酸的往事，一个让人唏嘘的故事。如今，他们都已经离世，知道他们名字的人越来越少，知晓他们故事的人更是寥寥无几。我不能让这些人和事就这样默默地消亡在历史的长河中，今天的我们应该从他们身上汲取和传承他们代表着的善良、坚韧、不屈、宽容的品质，这些品质不应随着他们的躯体而死去。

离开下柏桑农场后，我来到塔公草原，在草原的山坡上采了一束野

看望 89 岁的胥义方（左）

花。带着花束，我走进塔公寺，双手合十为白师傅、马利剑、胥义方祈
福，放上新鲜的野花为他们祝福，点上酥油灯为他们照亮另一个世界的
路。

　　走出塔公寺，我遥望着寺院前方的贡嘎山，就是这座圣山，俯视着
众生，养育着这里的人民，让这里的人民世世代代都锻铸着与它一样的品
质。

地质学家陈富斌

只要谈起贡嘎山和海螺沟，陈富斌老师是绕不开的人。他是中科院成都地理研究所的一位地质学家，35年前，我因贡嘎山和海螺沟开发与他相识，我们至今仍然保持着很好的交情。他不仅是我的朋友，更是我的老师。他带着我一起研究海螺沟地质，研究贡嘎山地貌，让我从一个摄影爱好者进步成半个地质研究专家和贡嘎山自然保护倡导者。

还是那间房子

20世纪80年代，我和陈富斌老师的工作单位只隔着一条马路，就是成都市一环路。我住在四川省军区大院里，靠一环路北面；陈老师住在成都市中科院专家楼，靠一环路南面。我跟陈老师是怎么认识的，现在完全想不起来了，但我们俩怎么成了朋友，我倒是记忆犹新。

当时，我喜爱摄影，尤其是对贡嘎山的风光产生了一种痴迷，每年都要去拍几张。陈老师是地理所的科学家，长期研究地质和冰川，贡嘎山独具特色的地质状况和冰川风貌，自然也就吸引了陈老师的关注。可是，20世纪80年代，成都到康定没有高速公路，只有一条土路，沿路都是高山峻岭，碎石随时会滚落下来，而车辆也随时有翻进万丈深渊里的危险。我们常开玩笑说："没有幸运女神的眷顾都回不来。"还有一句话，摄影发烧友都知道，那就是"学摄影，穷三代"。那时候还没有储存卡，都是靠胶卷，我每去一趟，几卷135号的彩色胶卷就要花费我一个月的工资，回来冲洗照片又需要差不多的花费。因为摄影，因为拍摄贡嘎山，我曾一度吃不起饭，只能去陈老师家蹭饭。不得不说，陈老师的夫人做饭真好吃，我那

海螺沟开发前的冰川裂缝

时候最馋她做的水煮鱼，麻辣鲜香，顺滑软嫩。现在提起来都觉得口齿留香，想再吃一顿水煮鱼。也就是那段时间，我跟陈老师交上了朋友。

我为他提供贡嘎山一带的照片作为研究资料，他让我懂得了许多地质地貌等方面的科学知识。每天晚上，我都要跑到他那间70多平方米的房子里，我们聚在一起研究照片，讨论学术，争论看法，我一度都觉得自己俨然半个专家。陈老师家还有一个吸引我的地方，就是他有一间独立的书房，书房不大，到处都是书和研究资料，窗外还有一棵银杏树，一到秋天，金黄色的银杏叶随风飘落，沙沙沙，美极了美极了！这间小小的书房让我羡慕极了，甚至还有点嫉妒。我也知道那是国家对知识分子的照顾，当时，若是在部队，像他那间带书房的房子只有副师级以上的干部才能享受到。

为了写这本书，我给陈老师打了电话，想当面请教他一些地理方面的问题。他告诉我他还住在当年的专家楼里，我随时都可以过去找他。我拿着一批32年前在海螺沟和冰川上拍摄的照片去到他家。我在小区里兜兜转转了好久，才找到了陈老师住的单元楼，那栋房子我既熟悉又陌生，房子随着三十几年的岁月早已失去了当年的风采。我喘着粗气爬上五楼，陈富斌老师已经站在门前迎候我了。没有言语，没有招呼，我再一次走进了当年的那间房子，房子还是老样子，几乎没有任何变化，那间书房仍然堆满了书，只是书桌上多了一台电脑。陈老师告诉我，电脑是他儿子用的。由于公司不景气，儿子干脆关了公司和父亲一起研究贡嘎山，还成了陈老师的助手。我又坐在了三十多年前的那个位置上，同陈老师一起谈起当年贡嘎山的故事。

1987年，我和陈富斌老师到海螺沟，晚上住在磨西镇上的一家私人旅

八十多岁的陈富斌

20 世纪 80 年代，陈富斌在冰川前

馆里。整个旅馆几乎没人住，很安静，一个床位收费10块钱，房间里的设备虽然不太齐全但很干净。晚上打开窗户就能看见月亮，月光射在磨子沟的雪山上，有梦幻的感觉。我在楼上用慢速度拍照，陈老师在楼下给旅馆的主人讲述海螺沟有多美，他告诉旅店主人："你们的旅馆打开门不仅能看到雪山还能看见屋前屋后的鲜花。来旅游的游客每天都能够享受到新鲜的空气，还能吃到刚从地里和树上摘回来的新鲜蔬菜和水果。走在磨西镇的石板路上，还能闻到带松油的柴火香，听到教堂的钟声，这是多美的旅游地呀。不久之后，这个小镇就会成为旅游的胜地，到时候就会有络绎不绝的游客来到小镇上。你们的房屋都是木结构的，这种木质房屋在城市里的酒店很少见，所以你们旅馆的服务设施也要跟上去，要把旅店里的天井利用好，只需根据本地特点增添一些文化氛围，住房价格就会相对提高，你们的收入也会增加。"陈老师这段话让旅馆主人茅塞顿开，开始筹划改建旅馆，增添设备。多年后，这家曾经不起眼的旅馆已经成了当地最具特色的酒店。

2018年10月，景区管委会邀请我和陈老师参加海螺沟开发32周年庆典，我和他又来到了磨西小镇，来到了32年前住的那个小旅馆，还是那间房子。如今旅店的设备不仅齐全而且很高档，价格也很"高级"——280元一间房，如遇节假日还需提前预订，价格还要翻倍。我跟陈老师开玩笑说："你应该跟旅店老板要策划费，如果不是你的建议，搞不好这间旅店都已经倒闭了。"

还是这间房子，陈富斌老师在那里完成了横断山系新构造研究，提出了开发海螺沟冰川森林公园的建议；还是这间房子，海螺沟的旅游开发让旅馆主人的收入翻了若干倍。

难忘的考察

1980年5月，中科院成都地理所组织一批专家对贡嘎山东坡进行考察，陈富斌老师担任这次考察组的副组长。考察组到达磨西后，分为两路，一路进燕子沟，另一路进海螺沟，陈富斌老师率领4名队员首次进入了海螺沟。

当时国内还没有任何一支科考队进入过海螺沟，陈老师他们在这片处女地上也没有可借鉴和参考的资料，只能通过遥感地图确定方向。第一天考察队住在海螺沟沟口最后一处人家中，主人叫张光有，是一位厚道的中年人，听说考察队要去无人区，还要上冰川，对他们是又佩服又担心。第二天清晨出发前，张光有给考察队准备了腊肉和用羊毛织的睡垫。陈老师他们带着东西走了整整一天路，赶到了热水沟，露宿在两块巨石的缝隙里，他们把防雨的油布搭在两块巨石上，用树枝和树叶编织一扇挡风的墙，凑合睡了一晚上。

5月正是海螺沟的雨季，厚厚的云层把海螺沟笼罩在其中，大雨一直下个不停，陈老师他们足足在巨石缝里等了两天，雨势稍停，就迫不及待地出发了，沿着热水沟去寻找温泉的出水口。寻找途中没有路，山上全都是高耸入云的大树，大家只能深一脚、浅一脚地穿行。可是找了大半天也看不到出水口，同事们都有点泄气了，陈老师心里也很着急。突然，他发现地图上标注的温泉出水口的位置有偏差，原本标注的出水口在进沟河谷的左边，但实际上河谷左边根本就没有山泉，而右边则有一股热泉一直流

1980 年，陈富斌在贡嘎山主峰区考察

进谷底的河流中。陈老师凭借着多年考察的经验，判断应该顺着热泉向上爬。雨后的山路十分泥泞，一脚刚下去还没站稳，另一只脚就已经开始下滑，拐杖在这里也使不上劲，只能靠双手抓地稳住，就这样手脚并用艰难地爬行。有一句话叫"风雨过后见彩虹"，往往惊喜总是要伴着苦难而来。他发现不远处有一片野生的大叶杜鹃正开着花，粉红、雪白、橘红、淡黄，最大的一棵树上开满了上百朵花，美极了，美得他大叫了一声，把考察队的同事们都喊了过来。杜鹃花让考察队员忘记了疲劳，大家围着花朵坐下来，讨论花的色彩、形状、生长环境等。陈老师采集一些花朵样本，短暂的歇息后，队员们又精力充沛地沿着热水沟行进，两小时后终于在几棵百年老树下的石缝中找到了温泉的出水口。出水口流出来的热水几乎到了沸点，用温度计测量准确温度为83℃，可以煮熟鸡蛋。水量很大，水质也透明洁净，可饮可浴。陈老师采集了一瓶温泉水，后经有关部门鉴定，泉水主要含碳酸钠和其他多种对人体有益的微量矿物质，有延年益寿的作用，而且这个热泉流量之大也是极其罕见的。

陈老师一行又继续往冰川前进，到冰川前需要穿越一片原始森林，一路上他们又发现了珍贵的红豆杉和麦吊杉，森林中的树非常高大、粗壮，有些树要好几个人才能合围。这片沉睡的森林是贡嘎山东坡最好的森林。

贡嘎山周围有着七十多平方公里的森林，由于周边都是贫困县，政府需要砍伐大量的树木出售木材来为当地职工发工资。陈老师清楚贡嘎山的美丽与森林有着巨大的关联，一座高山漂不漂亮、好不好看，给人的印象深不深，全靠这些森林支撑。作为一个科学家，他知道这片原始森林具有极高的科研和科考价值。树木被砍伐后，裸露的地表就像是一块一块的伤疤，会变丑变俗，变得无意义了；况且一味地砍伐树木也无法从根本上解

温泉旁长满了杜鹃花

决当地居民生活的问题。于是陈老师对这片森林做了特殊的标记，下定决心要保护好它。

穿过原始森林后考察队员们来到了海螺沟1号冰川，冰川的舌口海拔为2850米，属于罕见的低海拔冰川。冰川看起来就像一个大河坝，人在冰川上可以快步奔跑，因为冰面上有一层两侧山体滑坡留下的石沙，起到防滑作用。站在冰川上，可以看见冰川上面的森林，这种"冰川在下，森林在上"的奇观，对开发海螺沟旅游资源是相当有价值的。就在这次考察中，陈老师他们见到了7556米的贡嘎山主峰和它下面的大冰窖（后来称之为"大冰瀑布"），他们没有想到贡嘎山是如此神奇，后来陈老师在他的科研报告中这样写道："贡嘎山是大雪山山脉的主峰，也是横断山系和青藏高原东部的最高峰。贡嘎山位于青藏高原和四川盆地的过渡带，主峰与四川盆地边缘的雅安市平均距离只有57公里，高度差有6928米，其东坡主峰与大渡河之间的平均距离29公里内的高度差达6450米，成为地球大陆上高差最显著的山地之一。"海螺沟不仅有着科研价值，还有着极高的旅游探险价值。在磨西镇就能见到许多亚热带的棕榈树，只需走一两公里就进入温带，再深入往里就能感受到亚寒带和寒带，最后还会进入大规模冰川的极高地，而这一切都在30公里的距离中，一天之内就能体验完。

考察结束后，我也在海螺沟开营之前多次和陈富斌老师前往海螺沟，如今陈老师的收藏中还保留着我1986年在冰川上拍摄的巨石照片。照片中的巨石横在冰川中央，长约20米，高约9米，当时我们许多考察队员都爬上了这块巨石留影。第二年我又带上更好的哈苏摄影相机，想去补拍雪山下的巨石照，那天我在冰川上跑来跑去，却怎么也找不到那块巨石了，只能带着失望的心情回去了。后面几年，我多次去海螺沟冰川，想再一次见到那块巨石，都无功而返。我曾问过当地人，他们和我一样，那年以后就再也没见到那块巨石了。我不禁好奇，那么大块的巨石，怎么会突然在冰川上消失踪影呢？这个问题一直萦绕在我的脑海，于是便带着疑问去请教陈老师。

陈老师看到这张照片，说他在1986年也见过这个巨石，而且当时泸定县武装部政委赵宏也拍过巨石的照片，因为巨石的形状酷似坦克，当年陈老师还在他发表的论文中给这块石头取名为"坦克石"。陈老师之前在冰川上曾做过一次实验，他在冰川某处做了一个标记，两个月后那个标记移动了好几米。陈老师向我解释，巨石的突然消失，可能只有一种解释，那就是巨石沉到冰川下面去了。要知道海螺沟冰川最深处可达两百多米，因巨石本身很重，而冰川又在不断地消融移动，随着时间的推移，巨石就沉到了冰川下面，只不过这个下沉过程比较缓慢，我们没有办法用肉眼感知到，当巨石彻底沉进冰川里，我们才会发觉巨石突然"消失"。这块巨石其实并没有真正消失，或许在千万年后，会再一次出现在人们的视野中。

这样的海螺沟是旅游的巨宝、科学的海洋、勇敢者的世界。陈老师为了探究贡嘎山，在四年时间中又花了大量精力多次进入贡嘎山西坡进行考察，最后于1985年4月正式向甘孜州泸定县提交了"海螺沟旅游资源考察评估报告"，1986年10月，泸定县政府把开发海螺沟列入日程。

32年后，陈富斌老师被海螺沟管委会授予"海螺沟荣誉市民"，我被授予"海螺沟宣传大使"。

1987 年拍下这张照片，三年后再来，照片里的石头已消失了

贡嘎山生态气象观测点

　　1987年10月20日，我受邀参加海螺沟的开营仪式，从开营仪式的1号营地徒步到冰川需要两天时间，活动结束后我和陈富斌老师又徒步去了一趟冰川。沿途的原始森林、冰川瀑布、高山温泉这些自然风光真是美极了。我一路上都像小学生一样请教陈老师各种问题，我问他是什么时候开始接触贡嘎山的，为什么会对贡嘎山这么感兴趣。我知道了陈老师第一次接触贡嘎山是在1973年，就是在那次陈老师了解到了南北走向的横断山系的最高峰——贡嘎山。

　　贡嘎山海拔7556米，是青藏高原东部的最高峰，也是南北走向的横断山系的最高峰，既发育大规模海洋性冰川，又拥有许多动植物和稀有濒危物种。贡嘎山东坡从大渡河谷至主峰距离为29公里，但是落差高度却达到6450米，也是地球大陆上切割最深和景观生态组最丰富的地区之一。贡嘎山有绝妙的冰川地貌和罕见的雪山胜景，景观多样性很强，有着罕见的低海拔冰川，在其他地方也很难见到这样的景象。1973年陈富斌老师查阅大量资料，并写出多篇的学术报告；1979年成都地理研究所同意他的想法，由他组织贡嘎山综合地理考察；1980年综合考察结束后，陈富斌老师提出了两个建议，一个是建立贡嘎山自然公园，一个是建中国科学院贡嘎山高山生态系统观测实验站。7年后，海螺沟森林冰川公园已经面向全世界的游客正式开放，陈老师的第一个建议变成了现实。

　　海螺沟开营仪式后陈富斌老师再一次向县政府提出：先在3号营地上建

立一个生态气象观测点，等条件成熟后，在磨西再建立一个贡嘎山生态系统观测实验站。陈老师说不要小看这个在海拔3000米左右的观测点，它不仅可以了解分析海螺沟深处森林和冰川一带的气候，还能研究贡嘎山东坡森林生态和大渡河河谷区域的环境，为保护和利用我们的自然遗产资源提供依据。这一建议很快得到了落实，县领导立马在海螺沟现场召开了办公会，确定海螺沟管理委员会办公室和中科院地理所共同在3号营地处建立生态气象观测点。一个月的时间，在海螺沟管理委员会办公室主任邓明前的督促下，在平整的3亩地上建了4间房屋，其中两间是办公用房，另外两间为生活用房，县里还安排人事局在观测点招聘两名观察员。

陈富斌老师回到成都后，也积极筹备观测点物资，当时时间紧迫，经费困难，陈老师的课题经费只余下6000元，于是陈老师只好到处求助他的同学、同事。我被他的精神感动了，也自愿为他跑腿出力。为了买一个手动的风速仪，我从城东跑到城西，一共去了五六个商店进行对比，回来向陈老师汇报时，他还是觉得价格太高，为了节约18块2毛钱，陈老师最后带着我在气象学校旁边的店铺里买到了成都市价格最低又实用的手动风速仪。

经过陈老师一个月的筹集，观测点的器材设备基本准备齐全，为了节约打包费用，我挑起了打包设备的重任。那些器材十分珍贵，需要一个个装箱，箱外还需要用草带捆绑好。我一个人从早上忙到下午，手起了血泡，腰也直不起来了；陈老师为了联系运送设备的车辆，也忙到了下午。等到晚上8点，一辆载重2.5吨的中型卡车开到了我们面前，我同陈老师、高生淮老师一起把打包好的26件器材装上了车。高生淮老师是气象专家，比陈老师大7岁，已经快60岁了，他听说我第二天要陪陈老师一起去海螺沟运送器材，一个劲儿地对我说："辛苦你了，等你们把器材送到安装完毕后，我会在春天的时候去海螺沟培训刚招聘进来的观察员。"后来我从陈老师处得知，高老师因为有哮喘，冬天的时候不能上高原。

20世纪80年代去海螺沟，一般都是途经雅安，翻二郎山，到泸定县后再去磨西。那时候翻二郎山有交通管制，一天进，一天出，有经验的司机从成都出发第一天会住在二郎山下的新沟小镇，这个小镇当时因二郎山而闻名，每天会集中上千辆各种型号的车，这些车都按照"小车前大车后"的顺序依次排着队，等待着第二天一早的放行。那个年代小镇上还没有交通警察，只有小镇上的几个管理人员，司机们都十分自觉地遵守规定，好像插队是一件耻辱的事情。

我和陈老师还有司机一行三人住在一间很简陋的招待所里，第二天天刚亮，我们就在浓雾中出发了。汽车在冰雪路面上前行着，所有上山的车都把雾灯打开，车速只比走路快一点，公路两边的树若隐若现，好似进入了梦幻的冰雪世界中，晶莹的树，闪烁的光，还有一颗紧张的心。担心两旁森林里突然蹿出动物来，我和陈老师都打起精神帮着司机观察路况，特别怕转弯时遇到暗冰路面。好在前面带路的车尾灯没有损坏，加上司机对于开冰雪路比较有经验，一路还算顺利。开到半山时，碰上了堵车，所有车都在半路停下了。外面气温很低，公路两旁的树上洁白晶莹的霜花缀满了枝头，美丽动人。我下车才拍了两张照片，双手就被冻得发红，只能回到车里。我问陈老师这里的海拔比冰川还要低，为什么气温还会如此地低。陈老师解释道："我们所处的位置是二郎山的阴山面，湿度大，光照少，所以气温会比冰川上还要低。"我们的车已经在山路上等了一个多小时了，我开始有些不耐烦，想去前方看看到底出了什么事，但陈老师很镇

1988 年 1 月，刚建好的生态气象观测点

定地告诉我应该快通车了，因为是单边放行，不会有大碍，如果饿了，吃点东西喝点水。原来头天晚上陈老师去小卖部买了一大包的食品，就是为了预防第二天途中会出现的突发状况，这些都是上高原的必备。我一边吃着零食，一边赞叹陈老师经验丰富。他告诉我，1983年的夏天，他从康定乘坐公共大巴回成都，车子在经过二郎山时遇到大暴雨，河水猛涨，冲断了前方新沟镇的公路，而且他们半小时前刚经过的路也出现了塌方，于是一百多辆车就被堵在二郎山山腰处。陈老师在大巴上熬了一夜，几乎没怎么睡觉，一直想着怎样赶回成都参加会议。第二天陈老师见还没有通车的迹象，于是便徒步下山，他从半山间到冲坏的公路处足足走了9个多小时，一路上全凭着背包里的半斤水果糖。从那以后，陈老师每次上高原前都会备足了食物以应不时之需，我也记住了他说的话。陈老师讲完他的故事后车子已经开始慢慢移动了，走到出事点后才知道是因为冰雪路打滑导致两车相撞，一辆车横在公路中央，只差几十厘米就到悬崖边了，真是很险。

　　我们到达泸定县城已是下午，那个年代泸定县城只有两条街，前街靠大渡河，最热闹的后街，也不过500米长，一杆烟的工夫就可以穿城。我们住进了县委招待所，我和陈老师在一楼公共澡堂洗了澡，好好地睡了一觉，接下来的路将会更辛苦。第二天7点我们从泸定出发，到达磨西已是中午12点，海螺沟管委会的主任邓明前准备了20匹马和8名当地青年护送我们进沟。护送队伍中的好多人都认识我们，非常热情，还没等我们吃完饭，他们就把器材设备全都放在了18匹马背上，剩下两匹马给我和陈老师。我告诉他们我不用骑马，我能自己走，半年前我还上过二层山拍照，但他们依旧非常坚持，我只好接受了他们的优待。到2号营地时，天已经黑了，那天我们住在森林环抱的温泉宾馆里，吃着生态的老腊肉，喝着当地的米酒，呼吸着新鲜的空气，看着天空中的半月，真有种赛神仙的感觉。一路上有这8个青年和20匹马，我和陈老师的进沟之路变得异常轻松，为了回报和宣传海螺沟的壮美，我毫不吝啬用我整整一个月的工资买的3个胶卷，一次又一次纵情地按下快门。现在想想还是有些遗憾，我当时光注意到了美景，却没有给那8个青年拍一张照片。

把设备安全地送到3号营地的观测点后，我便利用陈老师安装设备的时间再一次上了冰川。陈老师嘱咐我多拍一些冰阶梯和冰舌城门洞的照片，还特意让我一定要拍到"冰川在下，森林在上"的图片。我临走之前，他还笑着对我说："拍不到我想要的照片，你就别回来了。"我在冰川上足足逗留了一天，回到观测点已经天黑。还有两天就是1988年的新年了，我与陈老师盘算着用什么办法可以最快回到成都。最终结论是：最快的途径是从乌斯河火车站乘坐从昆明开往成都的慢速列车回去。这个火车站只有一趟深夜12:10到达的列车，我们要坐上这列火车，必须要在上午10点前赶到大渡河对面，等候一天一趟泸定开往乌斯河的大巴车。12月31日一早我和陈老师搭拖拉机，然后徒步走了一个多小时，来到了大渡河边，准备经过横跨大渡河的吊桥。这座吊桥是当地人用几根铁链固定在两头的水泥墩上，铁链上铺上木板，木板两侧只有几根铁丝做扶手，防止过桥的人因桥面晃动掉进大渡河。五年时间里，已经有好几人失足掉进大渡河。过桥时，为了避免桥面晃动太厉害，每次最多两人同时过桥。好在我们过桥时在冬季，如果是夏季涨水，这座桥便无法通行，只能绕道25公里外的德威大桥才能过河。上桥时我一手拉着铁丝一手拉着陈老师的手，小心翼翼地往前挪，很多桥面的木板因陈旧而毁坏，吓得我所有的神经都紧绷了起来，大气都不敢喘。好不容易通过吊桥，我和陈老师都出了一身大汗，好

1998 年，陈富斌（左）和加拿大科学家在观测点门前

全国最低海拔冰川，森林在上，冰川在下（摄于 1997 年）

像打了一次胜仗。

挤上了开往乌斯河的大巴车，又前拥后挤地站了很久，一直到石棉站时陈老师才找到了座位，而我只能坐在司机旁边的引擎盖上。下午5点，我和陈老师到达火车站，我们在候车室一直熬到半夜，火车晚点了15分钟到站。上车后根本没有座位，过道里全挤满了人，车窗也全关闭着，车厢里散发着汗臭、脚臭、烟味、食物霉味。对于刚呼吸完大自然新鲜空气的我们来说，这简直太折磨了，就像又进入了另一个世界，头昏沉沉的。为了给陈老师找座位，我艰难地在人群和行李中穿行了好几节车厢，终于找到了一个在峨眉山下车的旅客。我不停地跟他聊天、套近乎，最终他同意在下车时把座位让给陈老师。而我则一直站到了成都火车北站，到站时两腿发胀发麻，脚都迈不开步子，但是一想到要回家了，又打起了精神。

回家时，正值元旦，人民南路举行迎新长跑，我们回家的16路公共汽车已经停运，我只好叫了一辆人力三轮车。坐上三轮车，我们乘着新年的春风，有一种说不出的喜悦。若干年后，这种喜悦常在我的梦里出现。

心中的博物馆

这两年不知怎么回事，我总爱往陈富斌老师家里跑，又成了他家的常客，可能是因为我们都心系贡嘎山吧。

20年前，陈老师就提出在海螺沟磨西镇建立"贡嘎山自然冰川博物馆"的设想，但他没有决策权。作为一名科学家，陈老师将一腔热情奉献给了资料收集，一干就是20年。退休后，陈老师就彻底把搜集文献资料当

不到 100 年，冰川高度下降了八十多米（左为哈姆教授摄于 1930 年 10 月，右为林强摄于 2019 年 10 月 29 日）

成了他的生活重心，每天从早忙到晚，没有节假日、没有周末，他夫人跟我吐槽说："老陈比上班的时候都忙。就连晚上散步遛弯的时候，脑子里仍想着他的博物馆和贡嘎山。"

我佩服陈老师这种精神，也乐意为他做点事。我回家以后，把40年来在贡嘎山拍的照片全部搜出来，按照时间顺序分门别类整理好，电子照片就打包拷到一个硬盘里，纸质照片整理在一个大纸袋里准备送给他。我每次走进中科院成都分院的大门，来到当年那栋号称专家楼的门前，再爬上陈老师住的5楼时，不仅两腿累，心跳快，心里也有一种说不出的酸楚：一位八十多岁的科学家，生活在这套七十多平方米的房子里四十余年。在那间10平方米的书房里，他撰写了一百多万字的科研文稿，收集整理了上千张的图片、说明。当他把10本样稿摆在我的面前时，比他小十几岁的我佩服得五体投地。只要一谈起贡嘎山，陈老师总有说不完的话，我就是从他那儿懂得了什么叫"海洋性冰川"，什么叫"贡嘎山地区第四纪冰期"，是陈老师让我知道了贡嘎山无论东西南北坡的水系始终都是往东流，知道了生物区系与自然地理的分界线。

我们本计划2019年金秋回一趟海螺沟，陈老师要带我去看看那片规划的贡嘎山冰川博物馆的地址，还要带我去见见那块万年前从贡嘎冰川移动下来的巨石。这块巨石就躺在磨西镇镇口，呈不规则椭圆形，长约9米，宽约7米，高约5米，重量估计达上千吨，在村口已经躺了上万年了。巨石旁边80米处有一棵古杉树，树高四十余米，树围8.2米，树龄四百余年，一座观音庙围树而建，朝向磨子沟冰川，当地人称这棵树为"神树"。1992年发生大火，古树不幸着火枯亡，干枯的树枝上再也没发出过新芽，但它仍然保持着死前的姿态，从未倒下，仿佛向人们诉说着什么。博物馆计划建在巨石和杉树的旁边，当地政府的考虑我深表赞同，这样更增添了一份历史感。

这次回磨西镇一定要多拍照片，28年前我曾经拍过那棵古杉树，那时候它还枝叶茂盛。出发前两天，陈老师突然累病了，肺部发炎，咳得厉害。我不能让80多岁还在生病的老人上高原，于是便把计划推迟了半月，但预约的车子又不能改期，我决定一个人出发。出发前我去了一趟陈老师家，看看他有什么需要交代的。陈老师从他的书柜里拿出了一张哈姆教授1930年在海螺沟冰川拍摄的照片，这是海螺沟的第一张影像。当时哈姆教授在中山大学任教，他看见1929年洛克发在美国《国家地理》上的贡嘎山西坡的照片和文章，便申请去贡嘎山。当时，人们误认为贡嘎山是全球最高山峰，因为看珠穆朗玛峰的位置一般要到5000米左右，而三千多米的海拔就能看见贡嘎山，不同的仰角造成了这场美丽的误会。

陈老师希望我在哈姆教授当年拍摄冰川的同样位置，也拍摄一张对比照，他想通过对比图来分析海洋性冰川变化的特点，同时也想把这些资料收进博物馆。

天还没亮，我就来到了海螺沟3号营地，天气不错，还看到了日照金山，我从3号营地徒步上坡，大约走了一个多小时，就到了1号冰川的观景台。冰川被一圈栏杆包围，旁边有一块写着"冰川危险，请勿翻越"字样的牌子。陪同我的工作人员也不停地嘱咐"冰川危险，您不能下去"。到不了冰川上，要想找哈姆教授当年的拍摄点就非常困难，只能对照照片中的山体和冰川的位置找到大概的位置。

因为我头顶上方的山体不断地向下滚落泥石，拍照时雪白无瑕的冰川上瞬间堆盖了一层土石，从远处看就像一条乱石河滩，毫无美感可言。尘

磨西镇镇口的大杉树，观音庙围树而建，当地人称之为神树（左为哈姆教授摄于 1930 年 9 月，中右为林强分别摄于 1988 年 9 月和 2019 年 10 月）

埃落定，我对哈姆教授生起了一份感激之情，他的照片为后世记下了再也看不到的美好瞬间。如今的游客再也没有机会感受千丈冰层的壮观，他们只能在高空中的缆车里看到若隐若现的冰川。拍完照后，我便从冰川旁边的小道向下走到冰舌口，这条路很危险，时常要躲避飞石，好在冰川退了很多，路也很短，一切平安。

33年前我在冰川冰舌口拍了一张照片，那是冰川的出水口，那个时候出水口的冰墙有几十米高，冰墙面形成一个大洞，我们都称它为"冰川城门洞"。城门洞里面就像水晶宫一样，波纹般形成的皱褶冰体散发出微微蓝色的光，洞内高度达9米，宽约12.5米，如今这样的奇观再也无缘见到了，只有当年山上那块岩石旁的树还在。当年那棵树和冰川城门洞是在同一条直线上的，如今冰川退了很多。我开始用脚步进行丈量，我走到四百余步，基本与那棵树对齐。可以推测出这三十多年，冰川退了300余米，真的可怕。难怪陈老师要说，近100年冰川退了约1公里，100年前冰川的舌口就在3号营地下方大岩窝的地方，当初我还不信，这次亲身感受到了冰川的消融。

中午我乘坐缆车到了4号营地，过去拍照片都是拍自然界的美景，为了等到最合适的光线也是吃尽了苦头，现在那些美还在，但发现他们的缺陷应该是一种进步。我打电话给陈老师，说发现冰瀑布下端有好几处岩石裸露着，上面根本没有冰覆盖了，基本快连成一片了。陈老师叫我多拍点照片，特别是局部照片，以便进行科学分析。

离开海螺沟的那天清晨，我又去看了看镇口的巨石和死亡的古杉树，这几天我一直在想，这上万吨的巨石是怎样移动到摩西大台地上的？如果能把大自然的变化，特别是贡嘎山的地质结构、气候、水文、土壤、植被、冰川分布、物种、动物分类等知识，通过博物馆的方式留给我们的后代，是多么有意义的一件事，陈老师这20年做的这一件事，是多么伟大。

回到成都后的第二天我就拿着照片去陈老师家，他把我拍的照片和哈姆教授的照片放在一起，拿出比例尺参照地形图，通过他多年研究海螺沟冰川的经验，进行了对比，他得出一个初步的结论，从照片中看，海螺沟冰川在90年的时间中估计下沉了80米，前不久中科院对海螺沟1号冰川的厚度进行了测量，如今冰川最厚处为218米，反推可得知90年前哈姆教授拍摄冰川时的厚度应该在300米左右。此刻我突然明白为什么陈老师要提出在磨西建贡嘎山冰川博物馆，他不仅要让更多的人了解大自然，更要让大家像爱护自己的眼睛一样保护大自然。

圣山下的"慈子花"

我记得很小的时候，看过一部叫《武训传》的电影，是由著名演员赵丹扮演的武训，讲的是出身贫苦的武训"行乞兴学"的感人故事。如今已过去了五十余年，但那些画面和场景依然留在我的心里。

为了写这本纪实文学，我又专门去了一趟康定，找到多吉扎西，核实一些细节。那天我问他，是否知道武训这个人，他憨厚地笑笑，摇头说不知道，我说他就像武训，我跟他讲了武训的故事，他听得很认真。

我与多吉扎西认识已有二十多年了，第一次见他就听他说要在贡嘎群峰和雅拉神山之间的塔公寺旁建一所全免费的孤儿学校，让甘孜州的孤儿享受到爱的幸福和上学的快乐，并且要把这些孩子培养成才。我以为他是随便说说，因为要在海拔3700米的地方建一所免费的私立学校，不仅要得到政府的批准，而且要花巨资，更重要的是要有得力的师资，而当时多吉扎西的资金只有20万，对教育又几乎是一无所知，要办学校实在太困难了，我没有打击他的想法，只是感觉他这个梦想很大。

23年后，多吉扎西实现了梦想，这所1998年建起来的西康福利学校，已经走出了八十多位大学生，这些大学生来自藏、汉、彝、羌四个民族，大学毕业后分布在各行各业，有些做了老师、公务员、医生、军人、空姐，还有人成了像多吉扎西一样的慈善者，他们命运的改变都是因为有了圣山下的多吉扎西。这二十多年来，我数十次去到西康福利学校，也目睹了那批孤儿的成长，虽然二十年后，西康福利学校已经搬迁到了海拔3900米的多绕嘎目，但它的那些故事仍然在当地流传着，塔公那块菩萨喜欢的地方也已经逐渐成为许多旅游者和朝圣者心中的圣地。

西康福利学校的孩子和老师们

哈达间的友谊

贡嘎山是摄影家的天堂，是摄影爱好者心目中的向往。作为一个摄影家，在20世纪八九十年代，我多次前往贡嘎山进行拍照。第一次认识多吉扎西是因为他在贡嘎山下的塔公乡兴办了西康利乐敬老院。这所免费的敬老院不仅供养了当地13名孤寡老人，让他们得以安享晚年，而且还是四川的第一所高原养老院，我每次经过那里的时候都会听到当地老百姓说多吉扎西的好，他的故事在当地流传很广。

1997年10月，我到甘孜出差，返回康定时在州教育局偶然看到了一份〔1997字第25号〕的批复文件，让我印象很深，至今都还记得。批复是同意多吉扎西自筹资金创办免费、封闭式、寄宿制的福利学校。教育局的同事还介绍，这所西康福利学校即将在甘孜州的13个县中招收6至10岁的孤儿，让这些失去父母的孩子能够在学校里接受教育。虽然只见过多吉扎西一面，但对他的这种善举，我从内心产生了敬意，同时也想为他这所学校做点什么。

1998年9月1日，西康福利学校正式开学了，我来到学校，多吉扎西为我献上了一条洁白的哈达，我把从成都带去的一面国旗亲手交给了他。学校用那面国旗举行了隆重的升旗仪式，从此五星红旗就飘扬在学校的上空，飘扬在塔公草原上，飘扬在神山之间，飘扬在每一位学生的心里。如今23年过去，这面红旗仍然鲜艳，并且越来越耀眼，那里走出了一批又一批的大学生，走出了全国少儿艺术大赛的获奖者，走出了全省的三八红旗

1998 年 9 月，西康福利学校开学仪式

手，还走出了"感动中国"的人物……这些成绩、荣誉浸染着这面红旗，滋润着贡嘎山这片土地。

我与多吉扎西多次接触后逐渐了解了他的身世。他1965年出生于康定多绕嘎目的一个牧民家庭，1970年开始学习藏语文和经文，1980年6月跟随他的大恩上师堪布曲扎仁波切出家，后获得堪布学位，修习显密经典达20年。一次偶然的机会让他认识了当时全国佛教协会的主席赵朴初，老先生推荐他到上海外国语大学学习了三年的汉语，回到成都后又在四川大学进修了三年，他的汉语水平不低于我们现在的大学生，因此与他交流起来很方便。后来他担任四川省佛教协会副会长、甘孜州政协副主席和四川省政协委员。当时我也在四川省政协教育委员会任职，所以每年我们都能见好几次面，每次见面他都会为我献上一条洁白的哈达。时间久了，我也学着他，在每次与他告别的时候为他献上一条黄色的哈达，我们的友谊就是这样用哈达维系了二十多年。2011年当我知道多吉扎西在中国藏语系高级佛学院参加全国藏传佛教统考，并获得一级经师资格的时候，我第一时间为他献上了一条洁白的哈达表达祝贺。

2010年7月的一个晚上，多吉扎西给我打来电话兴奋地告诉我，学校里的第一批高三学生要参加高考了，他们的成绩都挺不错。一向沉稳淡定的多吉扎西此时很激动。半个月后我找到四川省招生考试院的领导给他们介绍了这所学校，讲到了这些学生都是孤儿，希望他们在不违反政策的情况下对孩子们多加关照。后来这批毕业的22名学生有21名顺利考上了大学，走下高原，踏上了新的人生之路。多吉扎西带着这批大学生来到成都去学校报到时又挤时间来与我见面，他又为我献上了一条洁白的哈达，我戴上哈达的那一刻心中想到，这些孩子能有今天的成绩，不知多吉扎西这12年

多吉扎西正在学习《习近平谈治国理政》

六一儿童节是孩子们共同的生日

来付出了多少心血。

2011年6月1日，西康福利学校邀请我跟孩子们一起欢度节日。那天学校布置得喜气洋洋，彩带、气球随风飘扬，每个孩子都穿着自己最漂亮的民族服装，快乐幸福溢于言表。走进学校活动中心就看到写着"孩子们，生日快乐"几个大字的横幅。我当时特别纳闷，谁的生日值得全校庆祝，而且搞得这么隆重？原来，这里很多孩子都是孤儿，他们有的出生以后就被父母遗弃，连自己的生日都不知道是哪一天。于是，多吉扎西决定每年的6月1日就是孩子们共同的生日。那一天是全世界小朋友最快乐的一天，他也希望这里的孩子们能够永远快乐下去。

活动中心里张灯结彩，绿叶青翠，花枝招展，五颜六色的糖果摆放在桌子上，瓜子、花生这些孩子们喜爱的小零食更是必不可少。这是一次生日聚会，也是一次家庭聚会。我们和孩子们一起唱歌、跳舞、讲故事，最后共同许愿、吹蜡烛、吃蛋糕。我参加过很多学校的六一活动，以往孩子们给我戴上的都是红领巾，但这次我的脖子上挂满了哈达，这些哈达都是孩子们的心意，是表达对多吉扎西多年来培养恩情的感谢，也是对我的热情欢迎。那一天我和多吉扎西都很开心，仿佛又回到了儿童时代。到了晚上，篝火点起来，全校师生围绕着熊熊篝火跳起了锅庄，悠扬的旋律、跃动的舞姿点亮了贡嘎山。

2018年初春的一天，我突然接到多吉扎西的电话，他告诉我他来成都了，我问他在什么地方，说要去看他，他说他在党校学习。放下电话后我很纳闷，他一个僧人又不是共产党员，怎么会在党校学习？但他发给我的地址确实是在省党校的旁边。我到他的住地后才明白，原来他住在党校旁边的仁和春天酒店，他专门请党校的老师到他住地给他一对一授课，给他讲我们党的发展和有关政策。进到他套房的客厅里，就发现桌子上摆了很多资料和书，最醒目的是那本《习近平谈治国理政》。我问他："你为什么想要学习党课知识？"他说："我在这里学习了好几天，收获很大。对我下一步办学校、养老院和藏传木雅文化中心都有很大的帮助。"那天我们聊了两个多小时，多吉扎西留我在他住地吃饭，原来他已经安排了他在成都的学生与我见面，还说这些学生都认识我。很快，在西南民族大学读研究生的泽仁英措和刚完成一次飞行工作的空姐雪饶卓玛买着食品来到了酒店，我们一起用餐。看见这批学生成才，我心中有说不出的高兴。我们一起照相、聊天，很快就到了晚上。告别的时候，我为多吉扎西献上了一条洁白的哈达，以这条哈达来表达我对他的敬意。

爱的传递

正如有了徐悲鸿才有了北平艺专，有了蔡元培才成就了北京大学，西康福利学校也是有了多吉扎西才存在。1998年9月，多吉扎西兴办的面向孤儿招生的西康福利学校开学了，这所学校不是孤儿院，也不是儿童村，更不是一所普通的学校，它是120个孤儿的家，孩子们的童年、少年甚至青年都将在这里度过，这些孩子们要在这里养成性格、塑造心灵。因此这里的每一位老师、生活妈妈和工勤人员都怀着慈悲和大爱，他们都是被多吉扎西的善举感动后，自愿申请来到学校的。没有样板可以模仿，也没有先例可以借鉴，高原的缺氧，冬季的寒冷，时间的流逝，人事的更替，孩子们的特殊都为这所学校的办学带来莫大的困难。那些从边远山区来的孤儿在

课堂上的孩子们

学校里所有事都要从头开始学起，很多来支教的老师都要先当生活妈妈，教他们怎样洗脸，教他们怎样使用毛巾和香皂，很多学生都是第一次用上牙刷和牙膏。这些老师和生活妈妈及工勤人员来自全国各地，在这里工作没有节假日，报酬也很低，西康福利学校不变的精神就在这一位又一位老师的责任中延续。

魏宏老师大学毕业后就分配到成都五中当物理老师，五中是成都市的重点中学，在学校工作几年后，魏宏老师突然被诊断出乙肝，这种病需要长期静养。1998年初，魏宏老师来到康定休养期间，多吉扎西了解到她做过成都市里重点学校的老师，专门到她住地拜访，希望她能为西康福利学校提一些建议。很快魏宏便实地参观了学校，发现这所学校的特别之处，想为这所学校做一些事，忍不住就参与其中，并且留了下来。她接受了多吉扎西每月300元的报酬，一直在这所学校坚守到现在。我认识魏宏的时候她还是27岁的姑娘，我完全没有想到她在这里一干就是23年。我们经常交流，每次交流都让我感动。

成都前几天下雪的时候我想起她，海拔四千多米的多绕嘎目一定会把人冻成冰棍，我向她打听那里的天气，她告诉我，尽管室外到了零下二十多度，但多吉扎西提前三个月就安排好了冬天取暖的事，现在学校里很暖和，还能吃到新鲜的蔬菜和水果。魏宏老师每当谈起多吉扎西就滔滔不绝，好像有说不完的话。她告诉我多吉扎西很忙，很少在学校，但老师们心中都明白多吉扎西一直就在他们身边支持着他们，在工作中遇到困难时，多吉扎西都会跟他们谈心。多吉扎西常说自己不懂教育，而往往跟他谈过话以后老师们才明白，其实他最懂孩子和老师。他有一种睿智的眼光，既和蔼又对大家严格要求；他要求学生做到的老师要先做到，学校的口号就是：老师与孩子们共同成长。

魏宏不知不觉地在这所学校成长为一名全能老师。她教过语文、政治和物理，干过生活妈妈，还做过总务室、办公室的工作。1998年10月27日是她难忘的一天，她刚到学校，在教学中极不顺心，晚饭都吃不下，早早地上了床，躲在屋里看幼儿教材，极度沮丧。就在这时，多吉扎西来到她的住地安慰、鼓励她，还送给她一件手工羊羔皮的藏装，她穿上很合身。每当魏宏说起这件事时都很动情，这件衣服她保存了二十多年，只有在喜庆的日子里才会穿上。

胡忠，四川成都人，1968年9月生，1992年毕业于重庆师范大学化学系，同年就分配到成都石室联合中学任教。那个时候我在教育厅体育卫生艺术处任处长，我的单位与胡忠的学校正处对门，中间只隔了一条20米宽的马路，我时常去学校操场进行体育锻炼，对学校的老师都很面熟。2003年，我去甘孜州出差，要路过塔公，就把准备的篮球、跳绳送到了西康福利学校。车进学校后正好遇见学生下课，老师和学生都迎了上来，突然间我感觉有一位老师很面熟，虽然他脸上显露出了一些高原红，但我一眼就看出他不是本地人。仔细打听后才知道这位老师是成都石室联中的老师，他在这里两年多了，最近刚当上这所学校的校长。我以为他是成都市教育局派来支教的，过一两年就回成都了，他却说，他是自愿来的，还说过一段时间自己的爱人也会来这所学校，我问他的爱人叫什么名字，他说叫谢晓君，四川音乐学院毕业，也在成都石室中学任教。我刚想向他多了解一些情况时，上课铃声响了，胡忠老师急忙向我告别，我也坐车离开学校。

汽车奔驰在塔公草原上，湛蓝的天空中浮云不断地变幻着，秋天的草地渐渐地变黄，吃肥的牛羊在草地间歌唱。这些都是摄影的好素材，但我没有心情拍照，便拿起手机跟多吉扎西通话。多吉扎西正在海南讲经，我知道他这样在外奔波都是为了学校，为了孩子们和老师们。我向他打听胡忠老师的情况，他说真是感恩这批老师，老师们都是自愿到这里来的，甚至放弃了过去优厚的工作待遇，他感到很惭愧，每月只能给他们300元的补助，而且还没有节假日，在这样高的海拔上不仅要身体好，更要有信念和爱。放下电话后我心里久久不能平静，一所成都市名牌中学的老师自愿辞职到这里来任教，还要把家搬到这里，我觉得有些不可思议，但它就发生在你的面前，让你不得不信。无形中我更加敬重这所学校，敬重这里的每一位老师。

与胡忠见面的一个月后，他的妻子也来到这所学校任教。谢晓君弹得一手好钢琴，可惜她在这里不能发挥她的音乐特长，因为西康福利学校最需要的是生物和数学老师。她先后做过生活老师和图书管理员，这跟她的专业根本对不上，但她想的是能同丈夫一起在这里培养这群孤儿是一件有意义的事。当女儿6岁该上学的时候，他们俩也把女儿带来了学校，让女儿同这些孤儿一起上学，一起成长。不知道是什么原因，那几年我只要去甘孜出差，只要到康定，我都要去西康福利学校，与学校里的老师交流。那段时间我正在凉山布拖县乌依乡麻风康复村筹建一所小学，学校2005年9月开学时，最小的学生6岁，最大的16岁，这些学生都从一年级开始上学，因为这里从建村以来就没有一所学校。我向胡忠校长和其他老师请教教学方法和管理办法，我想把他们的经验移植到我创办的学校中。胡忠校长精选了一些一、二年级的课外图书送我，我把图书带到学校，孩子们兴奋地跳了起来，因为他们和他们的父辈一辈子都没有见过这样好看的图书。

2007年8月，中央电视台的《新闻联播》和《焦点访谈》播放了我帮助麻风康复村建学校、送粮、修路的事，西康福利学校的胡忠校长代表学校打来电话向我祝贺，他们称我是英雄。我说做这些事是应该的，是你们激励了我。我帮助麻风康复村还不到三年时间，我在村里总共待了不到30天，而胡忠他们在那里教书育人十余年，甚至把家都搬到了那里，应该向他们学习。他们的精神应该得到广泛的传播，让更多人了解他们、学习他们。从那以后我便开始讲他们的故事，我给中央媒体的朋友讲过他们的故事，又给教育部的一些司局长汇报过他们的情况，还带过许多人去到他们学校学习他们的管理方法。他们的那种追求和精神不仅被当地人颂扬，而且在我的朋友中也流传开来。

当我得知胡忠和谢晓君两位老师评上2011年的"感动中国人物"时，我早早地守在电视机旁。当推荐委员评价胡忠、谢晓君——他们的高原红是阳光的沉淀，也是心中热血澎湃在脸上的体现，当我看见胡忠、谢晓君牵着自己的女儿出现在颁奖台上时，我的眼睛不知不觉湿润了。人最大的富庶在爱和信念里坚持，他们用生命提携了孤儿的成长，在一个物质繁盛的时代里，他们仍然让世界相信精神无敌。他们带上年幼的孩子，是为了更多的孩子；他们放下了苍老的父母，是为了成为最好的父母；不是绝情，是极致的深情；不是冲动，是不悔的抉择；他们是高原上怒放的并蒂雪莲。

我后来才知道多吉扎西那天没有看电视，而是在为提高老师们的待遇四处奔忙着。他时常跟我讲起他感到对不起这些老师，他们的工资很多年都没有提高，仍然是每月几百块钱。我告诉他这些志愿者和老师都是受着你的影响，他们不是为了钱。每当凌晨以后有车灯照着校门，守门多年的周阿姨总会说是多吉扎西开会赶回来了；每当午后一两点钟，多吉扎西仍

谢晓君和胡忠入选"感动中国·2011 年度人物"

未回来吃饭，伙食团的工作人员一定会说，多吉扎西的胃又要痛了；每当老师们看见他眼挂血丝的时候，就明白他一定又为学校的事彻夜难眠。

　　曾在西康福利学校任过校长的曾逸告诉我，2006年的那个晚上，大约12点钟，他同多吉扎西从多绕嘎目的施工地下山，多吉扎西亲自驾车行驶在盘山道上，突然汽车抛锚，车外漆黑如墨，风里还夹着雪花，多吉扎西下车检查发现车胎坏了，他对曾逸说："你年纪大，别下车，外面冷，你下车会感冒，一会儿就好了。"多吉扎西把备胎从车后门上取下时，双手已经被雪风刺冻得像胡萝卜一样了，他用嘴里呼出的热气不断吹着双手，让快冻伤的手听从自己的使唤。他趴在雪泥地上，借着手机发出的光亮，用千斤顶把车顶了起来，半个多小时后，他一个人把轮胎换上了。曾逸每每说起这件事时声音都有些哽咽。曾逸是安徽人，在安徽任过固镇县中学校长，退休后于2001年2月同夫人魏金颖来到西康福利学校，他说他前面还有两位校长，一位是樊四维，一位是吕美，他们都是退休后听说多吉扎西办的这所孤儿学校，自愿来到这所学校帮忙的。虽然他们在这里的时间不是很长，但凭着他们丰富的管理经验，为这所学校的发展打下了坚实的基础，也与多吉扎西成了好朋友。虽然很多老师现在不在学校，但他们时常与学校保持着联系，他们的心永远牵挂着那里的孩子们，因为那里给他们留下了美好的回忆和人生的向往。

多吉扎西给每位老师送了一件羊羔皮的小棉袄

20岁的小卓玛

小卓玛20岁了，是多吉扎西最牵挂的人。2000年4月22日，西康福利学校的大门口多了一个纸箱，纸箱里放着一个不足一个月的女婴，她两眼紧闭着，奄奄一息。女婴旁边还有一套婴儿的衣服和一个奶瓶，守门的工友发现后马上报告给了多吉扎西，多吉扎西急急忙忙赶到学校门前，看见虚弱得发不出声音的小婴儿，立即决定送到医院治疗，还带上一个很有经验的生活妈妈，亲自开车去到康定。到医院后，医生问婴儿叫什么名字，多吉扎西想了一想，回答医生说："她叫卓玛。"卓玛在藏语中叫度母——一个美丽的女神，这是一个美好的名字，代表了多吉扎西对这个孩子的美好祝愿。经过一个多月的治疗，小卓玛终于恢复了健康，多吉扎西把她带回了西康福利学校，找到乡政府，讲述了她的来由，把她的户口上到了学校，把她的出生日定为在校门口发现她的那天。为了纪念小卓玛成为西康福利学校的一员，多吉扎西还抱着她和其他孩子一起照了一张合照。

为了让小卓玛更好地成长，多吉扎西专门安排了一位叫马兰的生活妈妈照顾她。小卓玛患有先天性软骨病，基本上无法站立，只能长期躺在床上；又因为学校海拔高，天气干燥，再加上长期吃不到新鲜蔬菜，小卓玛三四天才能排一次大便，且排便过程十分痛苦，平时小卓玛不怎么出声，但排便时她的哭吼却能让整栋楼的人都听见。多吉扎西为这事十分犯愁，他与马兰商量，让马兰带小卓玛去广西治疗，因为马兰的家在南宁，医疗条件比甘孜州好，南方的气候温和，氧气充足，对小卓玛的健康有好处。

经过一个多月的治疗，小卓玛跟大家一起合影

多吉扎西让马兰尽管带小卓玛治疗，所有的护理和医疗费用都由他来解决。在南宁治疗的四年中，多吉扎西每年都会去看小卓玛，每次去都要给她带玩具。马兰每次看见多吉扎西付给医院高额治疗费时心里都酸酸的，说不出滋味。

2006年，小卓玛到了上学的年龄，多吉扎西把她接回学校，安排了好几位老师一对一地给她上课。魏宏老师每天给其他学生上完课后还要到小卓玛的住地给她上一小时的拼音课，盈明丽老师负责教她算术，胡忠老师还时常给她讲一些励志故事。小卓玛在西康福利学校得到满满的关爱，虽然她失去了亲生父母，但她有许多像多吉扎西一样的爸爸和妈妈。

然而命运之神对她并不仁慈，由于海拔高，气候恶劣，小卓玛回到西康福利学校后几乎每月都要生病。一次她发烧到40℃，一直降不下来，把多吉扎西急坏了，又连忙送到医院。这次病情虽然没有危及生命，但却让她患上脑瘫，手指都没有什么知觉了，她每天只能躺在床上，翻身都要别人帮忙。多吉扎西只好让她暂停学业，带她到成都、重庆、北京进行治疗。在北京，挂一个专家号要等好几天。小卓玛在积水潭医院做了手术，她的腰椎得以治疗，经过两个月的恢复，小卓玛最终可以在别人的帮助下坐立起来。从多吉扎西那里知道了小卓玛的情况，许多志愿者都来照顾小卓玛，小卓玛也把她们称为自己的姨妈。她们带着小卓玛到很多地方去针灸、按摩，防止她的肌肉萎缩，她们相信小卓玛终有一天能够站起来。

2020年12月，中央电视台《焦点访谈》报道我帮助过的阿布洛哈村通了公路，村民也搬进了新房的事，多吉扎西看见后立即给我打来电话，他向我打听林川小学孩子们的情况，我说那些孩子现在大部分在外打工，村里还走出了一位大学生，现在已经回到村里，当上了村支书，正带领村民

在北京治病的小卓玛

2020 年 12 月，我去看望 20 岁的小卓玛（右二）

把家乡建设得越来越好。多吉扎西说："太好了！"隔着电话也能感受到他高兴的情绪。由于新冠疫情，我与多吉扎西已有两年没见了，我告诉他我很想念他。没想到第二天他就派车来接我去到康定，车早上8点从康定出发到成都接我，下午4点就回到了康定，来去只花了8个小时，而20年前光是从成都到康定就要两天，在翻二郎山前必须要在新沟镇住一夜，如果遇到冰雪、塌方，时间则会更长。

在与多吉扎西聊天的晚上，我们大部分时间都在谈小卓玛，多吉扎西把那张20年前他抱着小卓玛的照片一直珍藏着，我知道他一直放不下小卓玛，便向多吉扎西要了小卓玛的地址，说回成都后一定代他去看看小卓玛。

2020年成都的冬天很冷，元旦过后我就盘算着去看小卓玛。天刚蒙蒙亮我们就出发，空中还飘着雪花，那些上学路上的孩子在雪花中显得很兴奋，因为成都已有很多年没下这样的雪了。路途中我的心情十分忐忑，不知道见到小卓玛后该说什么话，怕勾起她的伤心事。一个半小时后，车到了仁寿县的钟祥村，小卓玛的养母喻茂英知道我们要来看小卓玛，早就守候在家门口。

小卓玛情况比我想象的要好，虽然她的生活仍无法自理，需要喻妈妈抱她到客厅的轮椅上，但她脸上露出的笑容让人几乎感受不到她是一个残疾了20年的姑娘。她的普通话说得很标准，跟我们交流起来很方便，她还问我们是否吃过早饭，霎时间我的那些担心和顾虑就烟消云散了。小卓玛一点儿不避讳她失去亲生父母的经历，她说西康福利学校就是自己的家，她有许多的爸爸妈妈，有的在广西，有的在成都，有的在康定。她讲起多吉扎西爷爷带她去医院治病，讲起为治病花了好多好多钱时就显得有点儿难过，她说多吉扎西爷爷从来不在她面前讲述他的辛苦付出，这些为她治病所花费的心思和努力都是照顾她的生活妈妈告诉她的，她说没有多吉扎西爷爷就没有她的今天。

小卓玛给我们展示了她在平板电脑上学习的初中课程，还给我们朗读了刚学的一段英语，喻妈妈在旁边介绍说孩子很聪明、爱学习，还能说藏语，平时说话也很有趣，经常逗大家高兴。喻妈妈照顾小卓玛已经7年了，多吉扎西每月都会固定打去2000元护理费和1000元生活费，喻妈妈几次给多吉扎西说自己儿子已经工作了，丈夫也能挣钱，劝他不用再打钱，但多吉扎西仍然坚持，7年来从不间断。

我送给小卓玛一本叫作《生命的力量》的书，告诉她里面写的钱智昌爷爷和李润莲奶奶都在小时候患上了麻风病，同她一样是重度残疾，但他们都用没有手掌的"手"和没有脚掌的"脚"做出了我们正常人想都不敢想的伟业，他们坚持劳动，用嘴播种，我吃过他们种的玉米和蔬菜。生命对他们来说是一种残忍，但他们却换取了精神上的新生。告别时小卓玛告诉我她想回一次西康福利学校的家，想再见一见多吉扎西爷爷和那里的老师们。

两天后小卓玛用手机跟我视频说《生命的力量》这本书把她看哭了，一定要我转达她对钱爷爷和李奶奶的问候，她说她一定要以他们为榜样，坚强努力地生活下去。我也告诉她今年夏天会安排她回一次西康福利学校那个家。

圣山下的"慈子花"

每年的7月，塔公草原上都会盛开许多野花，一片又一片的野花中，有红色的、黄色的、还有紫色和橘色的，那些野花在蓝天白云中，在摇曳的微风里显得五彩缤纷。每当这个时候，西康福利学校都会在草地间撑起帐篷，一起野餐，学生和老师们在野花丛中举行丰富多彩的文体活动，欢笑和快乐的场景永远留存在孩子们的心间。如今那些学生已经成人，他们像花一样地盛开在建设祖国的各条战线上。

吉祥，这个名字是多吉扎西给他取的，因为吉祥3岁那年和自己的妹妹成了孤儿。1998年，他和妹妹来到了西康福利学校，开始了新的人生。吉祥刚来学校不久时，觉得自己脚很痛，没法走路，他没有过多在意，因为这种情况原先在家也发生过，以为睡一觉就好了，哪知道第二天情况加重了，痛得步子都迈不动，挽起裤子一看发现腿上有一些红红的血斑，很快这些血斑就蔓延到全身。多吉扎西马上把他送到了康定县的州人民医院，医生诊断为过敏性紫癜。这种病很严重，甚至会危及生命，医院立马下了病危通知书。吉祥在医院一住就是半年，心里很害怕，他不知道自己得了什么病，浑身都没有力气，每天只能躺在床上不能动弹。多吉扎西安排了一位生活妈妈照顾他，其间也经常到医院看他，和他聊天。

有一次下着鹅毛大雪，多吉扎西开完会，晚上抽时间去看吉祥，多吉扎西进门的时候衣服上铺着一层厚厚的雪花，几乎变成了一个雪人。就在那天，多吉扎西告诉吉祥："不用害怕，要坚持治疗，我永远不会放弃你！"之后给他送了一本《钢铁是怎样炼成的》连环画，鼓励他要自强。时间一天天过去，吉祥的病恢复得很慢，病情也不太稳定。有一次凌晨两点，多吉扎西听说吉祥病情突然转重，立即赶到医院，同医生商量后把吉祥送进急救室抢救，从急救室出来后，多吉扎西一直陪在吉祥身边。因为多吉扎西坚持不放弃，不惜一切代价为吉祥治疗，最终把他从死神身边拉了回来。

从医院回到学校，多吉扎西专门给吉祥安排了一个单独的房间，生活上还为他安排了小灶，吉祥的身体慢慢恢复起来，多吉扎西又专门安排老师给他补课，一年后吉祥回到了同学们中间，继续努力学习。如今吉祥已经成家，在成都某民营企业的规划部门工作，他说得最多的话就是感恩，是西康福利学校和多吉扎西给了他第二次生命。

泽仁琼佩28岁，毕业于四川民族学院，现在在甘孜州色达县司法局工作。只要说起西康福利学校，只要说起多吉扎西，他的话就停不下来。他至今都忘不了学校又大又甜的馒头，还有他吃过的最好吃的泡菜。他说午餐特别丰盛，四菜一汤，两荤两素，每天的菜品都不一样，时隔多年，现在想起来都流口水。他的个子就是在西康福利学校那段时间长高的。

泽仁琼佩初中毕业升高中的那年，多吉扎西租了一辆大客车，陪着学校二十多名学生到康定参加中考，还买了许多牛奶和巧克力给学生，让他们在考试期间提神充电。泽仁琼佩上车后不久就觉得有些不舒服，多吉扎西估计他应该是晕车了，就把事先准备好的晕车药给了他，服下药后，泽仁琼佩一觉睡到了康定，下车时他很有精神，完全没有影响后来的考试。虽然考试前多吉扎西叮嘱学生们要放松，不要紧张，没考好也没关系，明年还有机会，但其实他内心比学生还紧张。把学生送进考场后，带队老师劝他到酒店休息，他却一直守在康定中学旁，在门前走来走去，他是想第一时间看到学生出考场后的表情。当知道这批学生全部考上高中后，多吉扎西兴奋地跳了起来，庆祝的那天学校杀了牛，杀了猪，晚上还放了礼花。

泽仁琼佩顺利考上了大学，毕业后选择参加公务员考试，考了两次都没考上，让他十分沮丧。这时多吉扎西发来信息，鼓励他不放弃，还告诉他考试就一定有成功和失败，只有继续尝试才有机会成功。于是他振作精神，认真复习，参加了第三次公务员考试，这次他果然成功了。他说这一切都要感谢多吉扎西，如今他已经离开学校6年了，在工作中无论是遇到挫折还是取得成绩，他都会在第一时间跟多吉扎西分享。

"没有痛苦的人生是不完美的人生。"这句话让人误以为有了痛，人生才会更完美，但对孩子们来说，真正的痛却是一种恐怖、一种悲伤。

曲央卓玛出生在甘孜州的白玉县，很小的时候爸爸妈妈就相继离世，留下她和哥哥相依为命，每天都生活在害怕、无助和彷徨中。有一天一辆白色的汽车把她带到了西康福利学校，她的命运发生了转折，从此西康福利学校成了她永远的家。曲央卓玛进校时刚满7岁，多吉扎西把她分配到皮老师那个班。皮老师高高的个子，长得很漂亮，跳舞的时候舞姿很美，风琴也弹得很好听，得体的衣着、可亲的面容一下印在了曲央卓玛的心中。

一次多吉扎西来到皮老师的班听课，下课后多吉扎西帮曲央卓玛削铅笔，一不小心刀片划破了手指，血滴到地上。曲央卓玛吓哭了，这时候多吉扎西反而笑着安慰曲央卓玛，对她说："大人是不会痛的，以后你们削铅笔时一定要小心。"多吉扎西就是用这样的方法消去了曲央卓玛的恐惧，同时也让她体会到面对挫折的态度。

2014年曲央卓玛大学毕业后又回到了西康福利学校任教，当上了班主任，她把多吉扎西和老师的教导移植到了教学中，用自己的耐心和爱心去教育每一个孩子。她为了排解孤儿的情绪，就用自己的亲身经历去引导和关心孩子。2014年11月22日，康定发生地震，震中就在多绕嘎目，学校的房屋受到损坏，学生们立即搬进了帐篷。曲央卓玛在搭帐篷的时候不小心划破了手，血流了出来，学生们看见后叫出声来，曲央卓玛一边包扎伤口一边安慰学生说："大人是不会痛的。"就像14年前多吉扎西安慰她的那样。她会把自己工资收入的一部分拿出来给孩子们买礼物，鼓励孩子们自立自强；她在每一年的总结中都会写到，她希望成为像多吉扎西一样的人。

色达县泥朵乡中心校，地处4300米的高海拔上，我2008年5月去到这所学校时，孩子们还穿着厚厚的棉衣，我在给每位学生拍摄照片的过程中发现他们脸上还长着一些冻疮，这是我去过的条件最艰苦的学校。7、8月份内地的孩子都放暑假了，而这里只有利用这两个月的无霜期把冬季最冷时候的课补上。2014年9月，多吉从成都师范学校毕业后就到这所学校任教，4年后他已经在这所学校任校长。2017年我又去到这所学校，一走进去就看到墙上那条"一切为了孩子健康成长"的标语，这条标语是西康福利学校的办学宗旨。多吉把它移植到了泥朵乡中心校。

多吉是1998年9月第一批进西康福利学校的学生，刚上初中的他产生了厌学情绪，一心想逃学，经常拿着一个破篮球在操场一晃就是半天，还老是打架斗殴，惹是生非。多吉扎西知道后，首先找到老师分析情况，然后想办法去开导多吉。多吉喜欢体育运动，多吉扎西就送给他一个新篮球，还时常陪着他一起打球，休息的时间里就给他讲一些故事，激励他好好学

大学毕业的曲央卓玛回到西康福利学校任教

习文化知识，考上大学后不仅能在体育馆打球，还能参加各种体育竞赛。慢慢地，多吉开始收心，他读完了高中又考上了大学。受多吉扎西影响，大学毕业后他第一个想法就是回到家乡，去到海拔最高的那所学校，让更多的孩子能够接受教育。据我了解，从西康福利学校毕业的学生中有27位选择教师职业，他们让高原上绽放的慈子花经久不败。

　　从1998年9月到今天，西康福利学校在多吉扎西的带领下已走过了23年，那些孤苦多病的孩子在那里遇见了生命的转折点。他们中有八十多位孤儿考上大学，受到高等教育。如今这些孩子，无论是校长、老师、医生，还是军人、公务员、企业家，或者记者、空乘人员、法官，等等，他们都有一颗悲悯而感恩的心，这都源于多吉扎西办的那所西康福利学校，源于那片菩萨喜欢的地方。而多吉扎西却说要感恩这些学生对他的陪伴，感恩这个好时代。

圣山下的北京人

章东磐，15岁当兵，不久成了神枪手；19岁转业到故宫博物院，负责博物院古书画库房保管，目睹了无数古代书画艺术瑰宝，耳濡目染成了书画鉴定专家；20世纪80年代初第二次转业到人民美术出版社担任编辑，他编辑出版的书荣获中国国家图书奖金奖、莱比锡世界最佳图书奖；近年写出了《父亲的战场——中国远征军滇西抗战的田野调查笔记》，这本纪实文学图书不仅受到读者好评，还纠正了一些历史认识。这些都从章东磐四十多年前意外地闯进贡嘎山开始。

就是这座山，让他在一次又一次与山的接触中净化着心灵……

站着过了一夜

2015年6月底，凤凰卫视《名人面对面》的节目编导给我打来电话，需要我给栏目组提供一些30年前章东磐在贡嘎山一带的照片，在一期关于章东磐的专题节目中使用。我很替章东磐高兴，那种兴奋劲比我自己2007年在中央电视台做《面对面》节目还激动。我立马翻箱倒柜地找照片，并且把找出的每一张照片都附上了时间、地点，在慢慢整理这些老照片的过程中，我再一次回到了几十年前与章东磐相识的日子。

我第一次认识章东磐是在1987年10月海螺沟开营仪式上。那时的他留着长发，穿着牛仔裤，蹬着一双回力球鞋，一米八的个子，操着一口京腔，同他交流时，他威武的面相中透露出一股友善。我发现当地的一些老乡都亲切地称呼他为"章老师"，很是熟稔。原来，他去年已经来过此地，跟当地的人都很熟。打招呼的过程中，他从自己的背包里掏出一些小礼品送给乡亲们，这一举动让我感觉到他是一个很有心的人。不知他从哪里得知我四个月前登上了二层山，于是不停地向我打听登二层山的过程，我把在二层山拍摄到的贡嘎山风光照拿给他看，他仔细地翻阅，询问，一张张看完后，就找到与他同行的摄影师黄云生说："林强孤身一人背着包，扛着脚架都上去了，他在二层山拍到的贡嘎山非常精彩，你的器材设备比他好，又是人美社的专业摄影师，这次我们上山还有人带路和为我们提供后勤保障，所以这次一定要把照片拍好，我以后编画册要用你的照片。"一个星期后，章东磐和黄云生从二层山回来，我才知道他们在羌活棚岩洞的那一夜基本上是站着过的。

登二层山必须要在山间的岩洞里过一夜，当地人称这个岩洞为——羌活棚。到羌活棚要从二号营地下到沟底，然后过一条冰川河到对岸，再穿过森林，森林没有路，只有随着采药人和猎人踩出的小道前进，在森林里要走很长的时间。山林中有许多溪流，很清澈，采药的山民上山从不带水，捧起来就喝。跨过一条湍急而清冽的冰川河后，章东磐提议喝一点水，这条河比较大，是从雪山上冲下来的冰水，急流从他们面前流过百米后就冲出了河床，变成了海螺沟峡谷南坡的一道落差上百米的瀑布，在对岸，我和章东磐都见过它，很美。章东磐试图登上一块大石头，弯腰去捧水，谁知那块石头上长满了与岩石同样颜色的苔藓，比泥鳅还滑，还来不及反应，章东磐已跌入河中，水深刚过腰，冰凉刺骨，急流让人根本站不住，章东磐只能被水冲着跑。

黄云生从岸上跑了过来，但是也追不上湍急的河流。章东磐还差几十米就要冲到瀑布处，还是急流中的一块大石头救了他，拼命挣扎的章东磐被石头拦住了，随后黄云生吃力地把他拖了上来。

上岸后的章东磐把衣服脱个精光，一件件地摊在草地上，然后仰面朝天躺下，和湿衣服一起晒太阳，在大自然的怀抱里尽情地舒展四肢。没多久，衣服晒干了，劫后逃生的恐惧感也晒化了。

经过六小时的攀登，他们终于在天黑前到达了羌活棚。

简单的晚饭后，他们在岩洞中刚刚睡下，一阵雷鸣夹杂着暴雨从天而降，雨水和溪流一起涌进狭小的岩洞中，顷刻间淹没了他们铺在石头上的褥子。他们没办法躺着睡了，只能一起站在岩洞中看着外面的暴雨。章东磐还是第一次在如此高的地方看脚下的雷电，那种让人战栗的恐怖之美，事过三十年后都有一种撕开肺腑的感觉。凌晨4点雨停了，他们顶着雨后的浓雾开始登山，可谁知那山比他们估计的要高得多，当他们终于穿过笼罩在身边的浓雾时，太阳已经高悬在蓝天，拍摄贡嘎山日出的美妙设想化为泡影。他们当时距离山顶还有一小时左右的路程，但他们还是坚持要登顶。

在所有运动中，最考验人意志力的莫过于登雪线以上的高山了。高山上的终年积雪和作家笔下晶莹剔透、洁白无瑕的雪可不是一种雪，高山积雪并不是天使，而是恶魔，要人命的恶魔。多愁善感的作家们上不了那么高的山，感受不到低气压的压迫感与死神如影随形的恐惧感。气压降低的不适难以用言语来描述，全身上下没有一处对劲的地方，无论你怎么样张大嘴呼吸，都没办法吸进足够多的氧气，就像扔在沙滩上的鱼儿，肺部被自己拼命吸进的空气胀到痛，但依旧觉得呼吸不畅，像有无数双手在喉咙争夺氧气，却始终都抓空，让人头晕目眩。

听章东磐讲述登二层山的经历，由于我们的年龄相仿，又都有当兵的经历，我们很快就成了好朋友。从我们1987年相识后，章东磐几乎每年

章东磐（右一）和藏族同胞

都会来两三次四川，每次来的目的都是去贡嘎山，我每次都与他同行。每当我们在那块土地上迎来曙光，每当我们同山里的乡亲们接触交流，都会感受到一种召唤，那是一种与以往生活经验不同的体验，这种感受不仅来自贡嘎山的壮美风光，更多的是来自这座山里人的忠厚、坚韧、善良的品质。

贡嘎山是神圣的，它一头拴着现实，另一头系着神话，它让每一个有勇气的人在与它真诚的对话中，净化着自己的心灵。

不让天堂般的美景消失

2011年，我参加四川省委组织的对藏族聚居区牧民定居情况的调研工作组。10月来到了甘孜州九龙县，工作完后，甘孜州州委政府办的李主任一定要邀请我们去县城附近的伍须海。伍须海离县城二十余公里，这几年随着旅游开发，来伍须海游玩的人越来越多，去过那里的游客都说伍须海虽然不大，但那里有天堂般的美景。

我们的车在森林中行进着，公路边的森林在暖阳的照耀下投射出七彩的光柱，绚烂斑斓。这些迷人的线条伴随着晨雾，我们如同走进了光的世界，红的、粉红的、亮红的、凤凰红的、黄的、浅黄的、金黄的、橙黄的、暖黄的、粉黄的……我打开车窗，深深地呼吸着从森林中扑面而来的新鲜空气。我发现，路变宽且平坦了，公路边那些二十多年前的树长高了、长粗了，千姿百态的树干上，生长着的松萝也多了起来，如丝一样的松萝在太阳光的照射下有一种别样的美。看到此般美景，车上的人不停地

伍须海的森林得到保护，如今已成为旅游天堂

发出赞叹声。

　　与我同行的人中有一位甘孜州民委调研员，名叫乌尼合几，是一位彝族干部。他前几年在电视里看见我帮助凉山彝族麻风村的报道，对我特别尊敬，一路上都在给我介绍伍须海。原来20世纪80年代乌尼合几就在九龙县任林业局副局长兼林产品公司的总经理，他告诉我：20世纪80年代九龙县是木头财政，县里财政70%的收入都是靠伐木，当时他们的林产品公司主要任务就是砍树，他们的工作显得特别重要。说着他指向汽车刚经过的那片森林说："当时县里已经把伍须海森林列入伐木计划，准备在1988年秋季进行砍伐工作。"县里任命乌尼合几为这次伐木计划的总指挥，砍伐前他来过几次伍须海，看见那些又粗又直的云杉和冷杉，真是下不了手，但他知道县里有几千人的工资等着这些树来兑现。乌尼合几只好把五百多名林业人员调集到县上，还没有来得及进入伍须海，突然接到叫停的命令。命令是州委书记刘子寿下的，说一定要保护那片森林，据说是刘子寿听了北京几位记者反映后下的决心，这片森林才得以保护到了现在。

　　乌尼合几又接着说："那一年没有砍这片森林，但是我们全县的干部包括教师都作出了牺牲，他们足足有三个多月没领到工资，有的学校老师工资拖到了半年后才补发。那些没有领到工资的干部都给他提意见，到年终还到县里上访。"

　　我看着这片茂密的森林，听着乌尼合几说的这段话，才知道当年章东磐和我找到刘子寿书记反映保护伍须海森林的事情，让九龙县的干部和老师们付出了这样大的代价。

　　那是1988年的5月，章东磐再次来成都，我们约好了去贡嘎山西坡的六巴乡（如今的贡嘎山镇）。车还没有到六巴乡就遇上公路大塌方，我们只好改道去了九龙县。20世纪80年代的九龙县只有一条街，全县最高的房子是供销社，只有三层楼，当地人称之为百货公司。我找到当地县教育局的刘局长，刘局长向我们推荐了离县城27公里的伍须海。

伍须海在贡嘎山的西南部，它是一个掩藏在森林中的海子，海子长约1200米，宽为600米，最深处达到33米，湖水由冰雪融水和地下水形成。海子两端各有一块秀绿的草场，让它显得更加完美，湖水清到极致，净到极度。春夏两季草场上生长了许多格桑花、羊角花、报春花，还有许多不知名的野花。上万株青冈树和大叶杜鹃紧紧地拥抱着海子，千姿百态的青冈枝叶间牵垂下丝缕的松萝，倒映在湖水中，好似远古的呼唤。青冈树和杜鹃后面是成片亭亭玉立的云杉和雪松，云杉和雪松的上端是十二座秀美的直破云天的山峰。当地人称它们为十二姊妹，传说能见到十二姊妹就能找到幸福的真谛。

那个时候伍须海旅游业尚未开发，章东磐和我在草场的牛棚里过了一夜，雨后的清晨，我们在纱一样轻柔的雾气中见到了若隐若现的十二姊妹峰，那就是姑娘们的羞怯之容。我看见北京来的章东磐几乎迈不开腿，就像看到了天堂之境，他告诉我他真的不想走了。就在这时候，为我们带路的一位干部，看见我们对伍须海的美景如此痴醉，低声地说："美丽解决不了贫困，也带不来利益，再过几个月伍须海的森林就要被砍伐了，你们抓紧拍照留影，下次来可能就再也见不到这样的美景了。"章东磐听到砍树的消息急得冒火，他见多识广，又是美术编辑，对美有一种特殊的感情，当我们走到要首先砍伐的那片森林时，章东磐让我从森林的各角度拍了许多照片。那片森林的云杉特别茂盛，树干又直又壮，要两三人撑臂才能合围。那天我拍了许多照片，几乎把带去的胶卷都拍完了。回到九龙

30 年后，我和乌尼合几（右）在伍须海森林前

县城后我发现章东磐的嘴上长出了小泡，知道他是着急上火。章东磐到邮电局给时任四川省办公厅副主任孙前通了话，孙前是他在海螺沟结交的朋友，他请孙前给时任甘孜州市委书记刘子寿传递北京记者要向他汇报重要情况的消息。

到了康定，我把照片冲洗放大，章东磐就书面汇总情况。刘子寿在百忙中见了我们，我和章东磐配合得很好，汇报时章东磐主讲，我展示照片。章东磐不仅会说，而且富有激情，那天他的讲话把我也感动了，顿时觉得不虚此行。刘子寿听得很认真，问得也很仔细，不时点点头，他说的最后两句话我至今还清晰地记着："你们把照片和资料留下，我代表民族地区的人民感谢你们，以后你们再来就跟我联系。"

我们走后的十天，刘子寿书记亲自去了伍须海，两个月后州委州政府做出了开发伍须海旅游的决定。那片天堂般的美景，得到了保护。

乌尼合几在知道我就是那北京记者的其中一员后，一定要同我在那片森林中留影。就在那天，我和章东磐通了电话，关于这片森林，章东磐问了很多也问得很细。我告诉章东磐，我们即将拍摄的《贡嘎日噢》电影的许多场景都将选在伍须海。

重返海螺沟

2001年章东磐约我再一次去海螺沟，在此之前，我几乎每年都会去海螺沟，也目睹了海螺沟的变化，每次回来都会把海螺沟的情况电话告诉章东磐。那时候的章东磐常住深圳，在人民美术出版社的朝花文化公司任总经理，这期间他还私人出资与香港旅游公司合办了《华夏人文地理》杂志，这本杂志以人文、环保宣传为主，很受读者的欢迎和喜爱。

1986年前，海螺沟的冰川、森林、河流、温泉还是人迹罕至的地方，只有獐子、岩羊、猎人和采药人涉足。海螺沟美得壮丽，美得一尘不染。那年夏天泸定县政府对海螺沟的旅游资源进行了一番考察，章东磐就是当年考察团中的一员，这批考察人员不仅在海螺沟遇见了天堂般的美景，而且考察团中每一位队员都为磨西山民至善至淳的品格而感动。回到县城后，在章东磐的推动下，县里决定让这座金山与世人见面，通过发展旅游业，为当地善良的人们带来幸福。

15年后的2001年，我同章东磐再一次回到海螺沟时发现，海螺沟随着开发商和大量资金的涌入，事情的发展已经不在当地政府的管控中，渐渐地，当地的山民对自己的土地不再有发言权，海螺沟变得与他们没有太大关系，这与他们最初的愿望相去甚远。各行各业只要有资金，都可以到海螺沟里割一块"肥肉"，短短几年间，海螺沟景区的三个营地都被承包了。其中的2号营地风景是最美丽的，因为那里有着世界上最优质的温泉。1986年我们从冰川回来后就搭帐篷住在2号营地，当时我们称这个地方为"热水沟"。森林环抱的热水沟上方，有一个大流量的温泉，温泉出水口的温度最高可达八十多度，可以把生鸡蛋烫熟，温泉水从岩缝中喷涌而出，形成一个小湖，有几十平方米大小，湖底沉积着很厚的碳酸钙，小湖看起来就好像一个巨大的澡盆，湖边靠山的一面长满了大叶杜鹃，春天时，每棵树上都会开满上百朵紫红色的花，杜鹃花倒映在湖面上，还微微冒着热气。溢出的湖水从岩边顺流下去，形成了一处温泉瀑布，岩石上还悬挂着一些奇怪的钟乳石，章东磐与我都在这里沐浴过。

章东磐在那次考察调研中几次提出温泉不宜大规模进行改造，应尽可能地保护它，也许这湖水的科研价值大过于让它成为一个澡堂子。但一年后，在温泉出水口之下的不远处，赫然建立起了一座温泉游泳池，紧接着游泳池的旁边就盖起了越来越多的酒店，酒店周围又建了许多如梯田般大小重叠的温泉池。承包热水沟温泉开发的是州里的林产品公司，他们看中了热水沟旁边的杜鹃林，打算在这片称为"蜜月林"的林子里修建一所供情侣游客住宿的蜜月木屋。本就是伐木出身的公司，一声令下队伍开上山，刀劈斧剁，等到县里的人赶上来制止，已有十几亩杜鹃林被砍倒。要知道野生大叶杜鹃是非常珍稀的树种，但就这样因开发而被砍伐了。十多年后我与章东磐再次来到热水沟，那里已经成为一座旅游小镇，来往不绝的游客根本就没办法真正体会到当年的热水沟有多美，开发商也不会提起他们开发的小木屋和游泳池的原址上，曾经生长过多么茂盛多么美丽的大叶杜鹃。游客们只有付出高昂的价钱，才能在森林中享受新鲜的空气和温泉带给他们的快乐。

　　当时的2号营地是旅客游玩的必经之地，因为那里的温泉资源丰富，游客基本都选择在那里留宿，因此许多看到商机的开发商加快了建设，他们根据热水沟的地形，依山建了许多栋酒店、民宿。当时这条沟里最大游客承载量可达上千人，成百上千人挤在这条沟内，对四周的生态破坏非常大，再加上景区内又修建了一条柏油公路，盘山而上，修建时又少不了砍伐森林，不少云杉和雪松都因此被砍掉了。这些树木的根系都非常发达，有着非常强的抓地力，但由于公路的修建，树木被砍伐，开发商也没有及时地对山体进行保护，导致近年来一遇雨季，公路两旁的山体就会因为缺少树木的保护而被雨水冲刷，造成严重的山体塌方和泥石流等自然灾害。

我和章东磐围绕着热水沟拍摄了很多照片，我问章东磐2号营地会不会发生泥石流，一旦发生，代价不可想象。章东磐回答，在海螺沟森林里还从未听说过泥石流，但这样掠夺下去，就很难说了。我们俩曾见过燕子沟的泥石流，那是因过度砍伐森林导致生态失衡造成的，无数原本参天的古树被死神一样夹杂着巨石的泥流剥光了树皮，现在早已经朽空了，脚下的石头使它们无法倒下，森森白骨般孤立着，触目惊心。当年泥石流经过的土地，数年后也没有长出一棵新树。

　　章东磐知道向投资商建议没有用，向县里反映又会让他们为难，于是他让我提供照片，由他撰写文章，在杂志上呼吁。随后发表的那篇《山告诉了你》的文章影响力很大，文章告诉正在开发的旅游商，旅游开发并非生钱的根源，开发需要智慧、才能和想象力，与投入的巨额资金是等量的，同时要具备生态的道德自律以及法律的制约，如果旅游开发光为了赚钱没有让当地老百姓富起来，就是失败的。这篇报道发表后，当时投资商的个别领导有很大意见，下令不让章东磐进海螺沟，同时也要提防我发照片。

　　其实调研过程中章东磐就拒绝了免费坐缆车的机会，他觉得让旅客花150元吊在半空中观看冰川，哪里有徒步在冰川上近距离与各种冰洞、冰面湖、冰阶梯、冰石林交流和对话感觉好呢？从那以后章东磐就再也没有去过海螺沟了，海螺沟的许多情况，都是我转述给他的。我告诉他，当年的投资商赚了钱后就把股权卖给了其他的私人公司；我告诉他，海螺沟已成立了正县级的管理局，不仅直接管理景区，还要管理磨西和兴新乡；还告诉他，2013年的夏天，2号营地被泥石流冲毁，虽然灾害没有造成人员死亡，但营地一直处于关闭状态。

当年的温泉变成了 2018 年荒废的游泳池，杜鹃花已经不在了

章东磐自发清理景区的垃圾

2018年10月，海螺沟开营32周年庆，当地管委会的负责人陪同我们去2号营地时，大门仍然紧锁着，好不容易找到了开门的工人，当我们走进去，看见的是人行道上杂草丛生，过去一栋又一栋的欧式木屋酒楼随着几年无人居住已变得破旧不堪，随着泥石流冲下的巨石和砂石，遍布在整个沟里。过去在冰雪天让游客在森林环抱中享受冰火两重天的温泉池，现在已变成蓄不了水的干田。我走进15年前我与章东磐住过的那间木屋，发现木地板上铺满了厚厚的一层灰，无处下脚，悬空的楼板下已经长出了几十厘米的青草。从木屋出来，我看着沟里冒着热汽的温泉水，流进了沟底的大河里。管委会的同志好像看出了我的心思，他告诉我们，目前管委会正在与投资商洽谈收购问题，一旦落实，很快就会让2号营地重新开放，如果明年再来，应该就能在这里泡温泉了。

2019年10月，我真的来了。我来之前和章东磐通了电话，告诉他我找到了1930年海螺沟的第一张照片，那是瑞士的哈姆教授拍摄的冰川，当年他在中山大学任教时看见了洛克于1929年发表在《美国国家地理》上的贡嘎山照片后，第二年就出发来海螺沟拍摄。时隔89年后我准备在当年哈姆教授拍摄的位置，再拍一张海螺沟的对比照片，看看冰川的地质变化。章东磐听完后觉得很有意思，希望我再去一次2号营地拍一下那里的游泳池，因为33年前，那个游泳池的原址上长满了珍贵的大叶杜鹃。

我去到2号营地，那里的门仍然紧锁着。好不容易进去后，发现里面的状况和去年没什么改变，我拍下了废弃游泳池的照片。回成都后我翻箱倒柜找出了曾经拍摄的游泳池原址上杜鹃林的照片，和现在废弃泳池的照片拼在一张图上发给章东磐，同时也发给海螺沟管委会。这些照片我想能让管委会在留存资料的同时，更加热爱和保护好我们的大自然。

难忘的2003年

　　我与章东磐不仅多次走进贡嘎山，而且还一同去过西藏，一起在世界最高城的石渠扎溪卡草原的急流中救过人，一起经历过翻车的惊险，一起在旷野的牛棚里仰望星空。由于有了这些经历，我们俩在2003年都做出了一项选择。章东磐开始整理中国远征军滇西抗战的历史，我开始走进麻风村。

　　6年后，章东磐出版了《父亲的战场》这本反映滇西抗战的纪实文学作品，还原了许多真实的历史，那时我虽然十余次走进阿布洛哈村（麻风村），帮助那个村子解决了办学、修路、用电、用水的实际问题，但是至今还没有动笔写出那个村子里的一个又一个感人至深的故事，因为我缺乏章东磐那样的激情和对事物的好奇。

　　我记得2003年，章东磐在成都过完国庆节后，就与他朋友去到腾冲，到了一个人迹罕至的山坡，那里立着许多"中国革命第八军抗日阵亡将士"的墓碑。不远处就是松山，中国抗日远征军于1944年6月在那里打响了松山战役，击毙日军1250人，成功攻占松山，打通维系当时中国外援通道的滇缅公路。

　　显然，在胜利六十余年后，人们已经将这里遗忘了，章东磐同他的朋友丝毫不顾及遍地的泥水，依次跪下，对着墓碑三叩头。章东磐日后在书中写道："作为抗日军人的后代，作为父母都是新四军的儿子，我心甘情愿地代替墓碑上所有人的子子孙孙给你们叩头。"那天是章东磐50岁以来的第一次跪祭。他坦言，自己就在那一刻想要写一本书，希望更多的人能从那些幸存的，无一例外的瘦削、苍老和即将油灯枯尽的老人身上，看到我们这个古老民族最坚韧的脊梁。

为了做好远征军滇西抗战的田野调查，章东磐必须要翻越高黎贡山。这座山海拔四千余米，通常只有不要命的毒贩才会走这条"绝境"。我第一次见高黎贡山是在1997年，从保山出发西行，在快到怒江的时候，就看见这座雄伟大山遮天蔽日，我实在惊叹它的高耸险峻和连绵不绝。没想到章东磐两次翻越高黎贡山，当他跟我讲述那座山的故事后，那座山在我的心里有了生命，我也想亲身近距离触摸这座山。

章东磐说，山上是真的美，无数你叫不上名来的植物，鬼斧神工般地自己建造出绝美花园。那里的土很肥，60年前，就是那些英勇不屈的军人用他们年轻的生命换取了抗战的胜利，如今那些地毯般美丽的野花，就是他们的重生吧。

章东磐说，美是真美，累也是真累，从界头东行上山，除了开始的路稍稍好走以外，山势越来越陡，相当多的路段是只有一臂之宽的羊肠小道。快到山脊之时，几乎是垂直上攀，比当年拍贡嘎山登二层山还困难。我说登二层山时，我俩还是三十多岁，现在我们都50了。我还告诉他，最近我去麻风村走了6小时的悬崖路，摔了好几跤，裤子都磨破了，差一点掉下悬崖，好在年轻时当过兵，有一定的平衡能力，不然，也就见不到你了。我俩就是在这样轻松的交流中相互鼓励着。

章东磐说高黎贡山的季节会顷刻间转换，翻越山口时，人裹在防寒服里发抖，下到山底江边却又大汗淋漓吃着当季的西瓜，可是就在山腰上，只要一阵雨，就可以把美如锦绣的皇室花园，眨眼间变得比阎王殿还冰冷。在这样的季节中开始的战役，冒着枪林弹雨和天雨攀上如此高山的几万士兵，竟然没有雨具，以至于战役开始后，美国空军向战场上的中国军队紧急投送的不是弹药和食物，而是7000件胶皮雨衣，在那个战场上每一件雨衣都是一条人命。

在翻越高黎贡山时，章东磐发现，当时的战壕还在，阵亡的尸骨还在，电话线的磁座还在，还有一种叫蚂蟥的虫子也在。幸存的老兵每每说起山上吃活人的蚂蟥和吃死人的蛆，总能让人感到心惊和战栗。

60年前的中国军人，没有欣赏美景的好心情。那年没日没夜的雨，就像天开了个窟窿，可远不止今天没有雨伞被淋成落汤鸡那么简单，但正是这群没有雨具，蹬着草鞋，衣不蔽体，黄皮寡瘦，在冷雨中滚得像泥猴一样的军人们，以血肉之躯打下了那座耸入天际的大山。

章东磐一路走一路写，他寻访了许多位幸存的老兵，并用这些老人的黄昏记忆记录和分辨出许多历史碎片，他以激情文字紧紧扣住每一个读者的心弦，让他们在悲伤、惊讶、无奈和愤怒中，记住那一段残忍而真实的历史。这十余年来他先后编写了《父亲的战场》《国家记忆》《史迪威将军》等纪实文学作品，成了著名的历史学家和独立的民间学者。不少新闻栏目和高校都请他去讲座，每次讲座他都会说，他从小学毕业后就没上过学，如果能有一点作为，就应归功于35年前，意外闯进海螺沟，接触到了贡嘎山。就是那座山让章东磐懂得了坚韧和善良，同时也增长了人生的智慧，就是那座山让他在每一次的接触和交往中净化了心灵。